恋人交換休暇
～スワッピングバカンス～

Ayano Saotome
早乙女彩乃

CHARADE BUNKO

Illustration

相葉キョウコ

CONTENTS

恋人交換休暇～スワッピングバカンス～

【1】

まだ初夏だというのに昼はかなり気温が高かったが、夜になっていい具合に涼しくなった。

東京都内、新宿二丁目には、とある格調高そうな門構えのジャズバーがある。

メイン通りから外れた裏通りにあるこの店は、知る人ぞ知る、隠れ家的なスポットだ。

実はゲイカップル限定のバーで、必ず男性の恋人同士しか入れないのがお約束。

故に店内でのナンパは厳禁で、恋人同士が落ち着いて話をしながらカクテルを飲んだり、そこで新たな友人との交友を深めるような、そんな場所をこの店は提供している。

内装はレトロな雰囲気で、ウォームカラーのピンスポットライトが高級感を演出していた。

今はデイヴ・ブルーベックの名曲、テイクファイブが軽快に流れているが、音量もいい具合に調整され、真横で話す声は聞き取れても他のテーブルの会話は聞こえない。

席はカウンター以外にもウッド調の丸テーブルがいくつか並んでいるが、混んでいればマスターに相席を頼まれることもあるほどの店だ。

そんな中、一番奥にある丸テーブルで、カチンとグラスが鳴るいい音が響く。

「毅士《たけし》、百目鬼《どうめき》監督の舞台への出演決定、おめでとう」

やわらかな照明のせいか、キャラメル色に見える髪をした華奢《きやしや》な青年がグラスを傾ける。

アーモンドのような形の二重《ふたえ》の瞳《ひとみ》も髪と同じように少し茶系で、すっきりとした鼻梁《びりよう》と小さくてふっくらやわらかそうな唇が人目を惹《ひ》く。

どこか女性的な印象だが眼差《まなざ》しは強くて、そのアンバランスさが魅力的だった。

「ありがとう。だけど矢尋《やひろ》、悪いけど俺はその舞台には役者として出ないんだよ。俺がやるのは監督の舞台演出なんだなぁ。頼むからいい加減、恋人の仕事くらい覚えてくれよ」

そう答えたのはすらりとした長身に、オーダーメイドとわかる洒落《しやれ》たジャケットを着こなしたハンサムな青年。

どこか西洋の血が混ざっているような印象の彫りの深い整った容貌《ようぼう》は、一度会ったら忘れられそうにないほど魅惑的だ。

全身からにじみ出る色気のせいか、見つめられると強いセックスアピールを感じる。

「あぁ～、ごめんごめん。出演と演出とを言い間違っただけだよ。逆にしただけで意味が違うなんて難しいよなぁ。でもまぁ、お芝居に絡んだ仕事をするってことなら似たようなもんだろ？　とにかくおめでとう毅士」

悪意のない笑みで軽く言ってのける恋人を、毅士は苦笑混じりに見た。

今日、二人がこのジャズバーに足を運んだのは、毅士の次の仕事、有名な監督の舞台演出が決まったお祝いだった。

「ありがとう。でも、矢尋は観《み》に来てくれないんだろう？」

「う～ん。まぁ、気が向いたらそのうち行くよ」

あっさり返され、毅士はまるで演者のように大げさに肩を落としてみせる。

如月《きさらぎ》毅士は新進気鋭の演出家だが、最近手がけた舞台が続けてヒットして、まだ二十代でその人気を不動のものとしている。

大学時代に小さな劇団を立ちあげた彼だが、それをわずか三年で都内の大箱をいっぱいにするほどの人気劇団へと育てた。

彼は一人で脚本を書いて演出をし、最初の頃は主演俳優もこなしていたが、やがて舞台の評判が口コミで広がって人気が出るにつれ、演出に専念するようになった。

やがて有名な舞台監督から演出を頼まれ、それがヒット作となり、演出家としての毅士の名声は一気に全国区へと広がっていった。

「矢尋ってホント、演出家としての俺にまったく興味ないんだよなぁ」

「そんなことないって。まぁ、時間があったら行くよ。いつもただでチケットくれてありがとう」

「かれこれ矢尋とは一年もつきあってるのに、一度しか俺の演出した舞台を観に来てくれたことがないよな？　願わくば、俺の才能ってやつにも惚《ほ》れて欲しいわけだよ」

「なにそれ。別に俺が毅士のどこを好きだっていいだろう？　俺はおまえの『顔』が好きなんだよ。あと俺と同い年の二十八なのに、すでに人生を達観しているかと思えば、ジャイアンみたいにわがままってところも、なんか放っておけないんだ」

この若さで今の社会的地位を築いた毅士は、やはり並外れた才覚の持ち主だった。

「ジャイアンって……そこは喜ぶとこなのか？　俺はこれでも、うちの劇団の主演俳優並みには女性ファンにモテるんだぞ」

「知ってる。でも毅士は女もイケるけど、残念なことに断然男に興味があるんだもんな」

「あははは。そうだな、そうだった。確かに俺はバイだけど、つきあうなら男の方がいい」

毅士は男女どっちも大丈夫な、いわゆるバイだ。

二人が出会ったのは別々に通っていた二丁目のショットバーのカウンターだったが、互いに外見に惹《ひ》かれて何度か逢瀬《おうせ》を重ねるうち、今はなんとなく恋人という認識で合致している。

演劇にまったく興味がない矢尋は、知り合った当時、演出家としての毅士を知らなかった。まったくの一般人として接してくる矢尋の遠慮のない態度が毅士にとって逆に新鮮で、気負いなく恋人という関係を築くことができたわけだ。

そんな二人の関係は、来月で一年になる。

「だけど、毅士もそろそろ素顔で二丁目を歩くのも無理になるかもしれないよな」

「いやぁ、多分その心配はない。ここ半年は役者として舞台に立ってないし、メディアの露出も控えてるつもりだよ。まぁ、舞台宣伝のための雑誌取材は仕方がないけれどな」

「毅士の写真が載ってる雑誌なら、役者時代のファンはなおさらチェックしてるんじゃないのか？　だからやっぱり面が割れても仕方ないよ」

演者として舞台に立つ彼を、矢尋は一度だけ観たことがあるが、独特なリズムの台詞《せりふ》まわしを使った脚本を熱演していた。

彼の魅力は観る者の心理に訴えるような毒々しい台詞の並んだ脚本や、斬新で奇抜とも言える派手な演出だ。

独創的で、そのどれをとっても既視感がないから、観る者をひどく興奮させる新鮮さを有している。

素人《しろうと》の矢尋から見ても、彼の群を抜いた才能はうかがい知れた。

「なぁ矢尋、そんなことより……そろそろ、二人きりになりに行くか？」

ふと肩を寄せてきた毅士に、密《ひそ》やかに耳打ちされる。

二人で飲んだあとは、互いにその気になればホテルで一夜を過ごすが、話し込んでそのまま帰ることもある。

ようするに二人は気ままな関係で、束縛のない距離感が気楽でいいと矢尋は思っている。

毅士との関係において、セックス以外で熱くなったり嫉妬《しっと》したりすることもないけれど、だからこそ大人で冷静なつきあいができているのだろう。

悲しいかな、矢尋はこれまでもそんな、どこか冷めたような恋愛しかしてこなかった。

「ん～、そうだな。今夜はどうしようか」

小声で話していると、少し申し訳なさげな顔のマスターに目配せされて相席を頼まれた。二人がかけているテーブルに、この店では見かけた記憶がないカップルが遠慮気味に座る。どちらも背が高くて、まるでモデル並みのビジュアルをしていた。

「どうもすみません。僕たち、お邪魔でしたよね」

細身で可愛《かわい》い見た目の青年に声をかけられた毅士が、伏し目がちに否と返答するが、

「え！　あれ？　あの、あなた……もしかして、演出家の如月毅士さんですよね？」

「いや、俺は……」

偶然にも彼は毅士のことを知っているらしかった。

「うわ〜、嬉《うれ》しいな！　実は僕、あなたの大ファンなんです！」

「ちょっと……困るな。こんなところで……」

ここはゲイが集まる店だから、面が割れたことに毅士も戸惑いを隠せない。

「あ、すみません。あの、もちろんわかってます。僕はよけいなことは口外しません。だって僕たちもほら、恋人同士ですから。あなたの立場は理解していますよ」

ここは男性カップルしか入れない、ナンパ禁止のジャズバーだから、相席になった二人も恋人同士ということだ。

「そうだな。なら…よかったよ。じゃあ、もう少し声のトーンを絞って話そうか。で、君は俺のなんの舞台を観てくれたのか知りたいな」

よく見ると、その可愛い見た目の青年は毅士が好きなグラビアアイドルによく似ている。綺麗《きれい》に手入れされた眉《まゆ》の下には、長いまつげに縁取られた二重のキラキラした瞳。少し色の入ったリップを塗っているせいか、唇もつややかでピンク色だった。

「実は、僕があなたの舞台で一番好きなのは……」

気まぐれな毅士はこういう展開になった場合、先ほどの矢尋との二人きり云々《うんぬん》の会話のことなどすっかり忘却の彼方《かなた》だ。

「……はぁ～、なんか…まいったな」

会話が盛りあがる二人を残して今日は帰りたいと思っていると、隣の席に座っている可愛い青年の相方が、運ばれてきたウイスキーを一気にあおっているのに驚いた。

その後もジンやバーボンなど、無茶な飲み方をしているのがどうしても気になる矢尋は、実はけっこう、面倒見がいいお節介だったりする。

軽い口調で「悪酔いするぞ」とたしなめるが、よく見ると彼はモデル張りのイケメンで、しかも好みにはうるさい矢尋の理想のビジュアルそのもの。

瞳は爽《さわ》やかな印象の奥二重で、高すぎないけれど筋の通った鼻。

黙っていても左右の口角が少しあがった唇が、彼を優しい雰囲気に演出する要素になっていた。

毅士が濃い系のイケメンだとしたら彼はあっさり系の代表で、おそらくは万人受けするタイプの美男子だろう。

うわ～、すっごい好みのタイプだな。

好みを見つけると知らず知らずガン見してしまう矢尋だったが、今はそれよりも彼の自棄的な飲み方が気になった。

確かに、自分の恋人が目の前で別の男と親密に話していたら気に食わないとは思うが、彼の視線や表情を観察していると、そこに嫉妬を感じていらだってるわけではなさそうだ。

「なぁなぁ。あんた、ちょっとピッチが早くないか？」

我慢できずにそう訊《き》くと、彼はすぐに人なつこい笑顔になって平静を装うが、やはりなにか悩みごとを抱えていそうな気がする。

仕事柄、矢尋は他人の表情を読むのは得意だった。

「そんな無茶な飲み方してると、悪酔いするぞ」

「あ～、はい。でも…俺、大丈夫ですよ。あれ？　あれぇ………？」

酔っているせいか、舌足らずな声を発するイケメンに急に顔を近づけられ、少女漫画みたいに心臓が跳ねる。

「な、なに？」

「あの、俺……どこかであなたと話したことありますか？　なんか……声に聞き覚えがある気がするんです」

大真面目《まじめ》な顔でそう問われて、なんだか一気に気が抜けた。

「あははは！　なんだよそれ、古典的なナンパだなぁ」

「え？　いえっ、そんな不埒《ふらち》なつもりじゃなくて！　あの、いえ。すみません……」

でも確かにちょっと聞き覚えのある声だと感じたのは、実は自分も同じだった。

「悪いけど俺、あんたくらいの超絶イケメンなら、もしどっかで会ってたら絶対に覚えてるよ。この店では初めて見かけると思うけど、時々来てる？」

おそらく年下だと思ったから、矢尋はフランクに話しかける。

もしかしたらお互い常連で、たまたまこれまで一度も会わなかっただけかもしれないが。

「いえ……初めてなんです」

「そっか。普段はどこで飲んでるんだ？」

「普段？　あ〜、そう。中目黒とか六本木……かな」

今の質問は、この二丁目のどの店で飲んでるのかって訊いたつもりだったけれど、伝わってないのは酔っているせいか。

この二丁目界隈に通っているゲイなら、意味はわかるはずなんだけれど。

「そ。まぁいいや。えっと、俺は沢口《さわぐち》矢尋。二十八歳。あんたの名前と歳《とし》を訊いてもいいか？」

「あぁ、はい。俺は、潮野理久《しおのりく》です。二十五です」

とりあえず名乗り合ってからしばらくは当たり障りのない世間話をしていたが、そのわずかな時間でもこの超絶イケメンが、実は性格もいいのだということが矢尋にもわかった。

自分の〝いい人センサー〟はずば抜けていて、そういうのは外したことがない。

こんなにハンサムなのにそれを少しも鼻にかけていないし態度も礼儀正しくて、目上の者を立てる言葉遣いは品もあって好感が持てた。

それにしても、どう見ても酒のピッチが早いのがまだ気になる。

「なぁ、あんまり無茶な飲み方してると、マジでつぶれて帰れなくなるぞ」

何度目かの忠告をしたがすでに遅かったようで、酒がまわった理久は明らかに気分が悪そうに見えた。

「別に、つぶれてもいいんです」

「おい……なにヤケになってんだよ。なぁ、もうそれ以上飲むな。ほら、俺と店を出よう」

強引に理久の手からグラスを取りあげると、席を立つ。

「………はい。そうします」

恋人の毅士はというと、相変わらずさっきの可愛い青年との雑談に夢中で……矢尋はこの状況を幸いなきっかけにして毅士に一声かける。

「ごめん毅士、あのさ、こいつ……理久が、酔い醒《ざ》ましをしたいみたいだから今夜は先に帰るよ」

「え？　あぁ、わかった。頼むよ」

軽い口調で返した毅士だったが、理久の連れの青年は心配そうに尋ねる。

「理久、気分が悪いの？　だったら僕も一緒に帰ろうか？」

「あ～いや。いいよ智《さとし》、俺は多分……大丈夫だから、まだそっちの彼と飲んでろよ」

ファンだと公言した毅士との会話が弾んでいる恋人に対し、理久は気を遣ったのだろう。

「あの、すみません。理久のこと、よろしくお願いします」

智と呼ばれた彼は、少し申し訳なさそうな表情で頭を下げた。

「わかった。とりあえずどっかで酔いを醒まさせるよ。じゃ」

一応、財布に手をかけた矢尋だったが、毅士が目配せでここは俺がと合図をくれた。


矢尋は会ったばかりの青年、理久と一緒に店を出ると、酔い醒ましの風に当たれる場所を探して少し歩いた。

すぐにタクシーを捕まえて理久を乗せることも考えたが、これだけ酔っていて気分が悪そうだから、乗車拒否されるのがオチだろう。

街中をしばらく歩いていると人気《ひとけ》のない小さな公園があって、二人でベンチに並んで座る。

ここなら静かだし涼しい風も吹いていて、ゆっくり酒も抜けるだろう。

「理久、大丈夫か？」

どういうわけか、初めて会ったこの理久という青年には妙に親近感を覚えるというか、店で短時間で打ち解けたせいか、名前で呼ぶことに違和感がなかった。

普段は警戒心が強い矢尋にしてはこんなことはめずらしいが、それは理久の持つ穏やかな空気感のせいかもしれない。

ベンチに座って、まず持っていたミネラルウォーターを理久に飲ませたあと、なぜか二人して空を見あげる。

今夜は星が綺麗で、普段ならこういう沈黙が重く感じるのに、なぜか理久にはそういう気まずさを感じないことも不思議だった。

「今日は星が綺麗だなぁ」

「えぇ、本当に」

実は矢尋は子供の頃から星や星座が好きで、夜空なら何時間だって眺めていられる。

もうすぐペルセウス座流星群が見られるとあって、思わず北東の方角を見てしまう。

来週、晴れるといいなぁ……。

そう思ってふと隣を見ると、理久も同じ方角の空を見ていて驚いた。

いやまぁ、たまたまの偶然だろうけれど。

それにしても、アルコールのせいだけじゃなく理久は冴《さ》えない顔をしている。

やっぱりなにか悩みを抱えているんじゃないだろうか？

「なぁ……理久はさ、今夜、なんであんな無茶な飲み方してたんだ？」

自分でも唐突だとは思ったけれど、理久は目を見張ってこちらを見る。

「え？」

「急にごめん。でもその……別に言いたくなかったら言わなくていいけどさ。俺、見かけによらず聞き上手ってよく褒められるんだ。だから、よかったら話してみないか？」

いつものお節介癖が出てしまったが、なにか悩みを抱えているようなこのいい奴を放っておけなかった。

「あの……はい。実は……」

ひどく酔っているらしい理久は、酒のせいもあるのか、矢尋に気を許した顔でとつとつと話を始めた。

それは、彼が勤めている製薬会社での問題だった。

「矢尋さん、潮野薬品ってご存じですか？」

「あぁ、もちろん知ってるよ。大手製薬メーカーじゃないか」

そう答えてピンときた。理久の名字は潮野だったが……。

「え？　もしかして？」

「はい。俺の父は、潮野薬品の代表取締役なんですよ」

そこから延々と彼が語ったのは、偉大な父への尊敬と反抗心だった。

理久は高校二年の冬に、自らの大学の進路を父親に決められてしまい、その怒りを今も忘れられないのだという。

本当に進みたかった工学部ではなく、薬学部への進学を余儀なくさせられたことへの憤怒。その上、潮野薬品に入社したあとは追い打ちをかけるように同僚や周囲から、親の七光りと陰で中傷され、ずっと苦悩といらだちを抱えているようだ。

そんな心痛をうなずきながら聞いていた矢尋だったが、理久が感情を吐きだし終えたあと、いっそ飄々《ひょうひょう》とした顔でいとも簡単に答えた。

「あのさ……理久は、ちょっと難しく考えすぎなんじゃないのかな？」

「え？」

「思うんだけど、まずは一回、本気でやってみろよ。おまえ、いろいろオヤジさんや周囲に対して不満を持ってるみたいだけれど、本気で今の会社で頑張ってみたことあるのか？」

我ながらきつい言い方だと思ったが、本当のことを伝える必要があるから続ける。

もしこれで理久が自分に対しても憤慨するなら、結局そこまでなのだろうと思う。

「理久さぁ、個人的な反抗心で、いい加減な態度でやっつけ仕事をしてちゃだめだぞ。おまえがオヤジさんの七光りって言われていることに、自分自身は本当に責任がないのか？」

理久は眉根を寄せて熟考している様子だったが、やがて矢尋の方に向き直った。

「確かに俺は、父の会社に入りたかったわけじゃないから、ただ与えられた仕事を全《まっと》うしてきただけかもしれません」

「そっか。あのな……世間から見たら潮野薬品は超大手なんだよ。きっとそこに入るために他の社員は努力したんだと思うし、今だっていつも本気なんじゃないかな？　だから半端なメンタルで仕事をしている理久の態度が鼻につくんだよ」

この先の言葉を言うか迷ったが、矢尋は続けた。

「理久はイケメンだしスタイルもいいしその上御曹司で、きっと周囲からの妬《ねた》みは生涯消えないと思う。だから、常に考えて行動しなきゃだめなんだ。そういうさぁ、最初から理久のことを穿《うが》った目で見てくる同僚や上司に、どうやったら認めてもらえるのか」

「……そんなのわかりません。どうやったらいいんですか？」

「だから…一回さぁ、吐くほどがむしゃらに今の部署で仕事してみればいいんじゃない？　壁に当たったら同僚や先輩に素直に訊けばいい。まず自分が変わることで周りもなにか変わるかもしれないと思うんだ。まぁ、すぐには無理だろうけどな」

考えつくままに一気に語ってしまって、息が切れそうになった。

理久は何度か唸《うな》っていたが、しばらくして肩の力を抜いて大きく息をした。

まるで、濁った思考や感情を体内から外に吐き出すみたいに。

「………驚いた。実は俺……こうアドバイスされると思ってました。『不満なら思いきって会社を飛び出せばいいんだ』って」

「は？　なんでだよ？　だって、辞めて逃げるなんていつでもできるだろう？　まずはそこでどれだけやれるかだと思うぞ。あ……なんか俺、ちょっと偉そうな言い方したかもな。もし、嫌な気分にさせたらごめんな」

いつも思う。

もう少し相手の気持ちに寄り添って配慮した言葉を選べないのかって。

「いいえ。矢尋さん、実はちょっと痛いですよ、胸んとこが。俺、父への反抗心で確かに中途半端だったと思います。でも、こんなふうにはっきりダメ出しされたの初めてで驚いたな。きっと俺は……誰かに本気で横っ面を叩《たた》いて欲しかったのかもしれない。ありがとう、矢尋さん」

なにか吹っきれたような清々した表情で礼を伝えた理久だったが、そのとたん、急に手で口元を押さえて気分が悪そうにえずいた。

「うわ、大丈夫か理久！　おまえ、吐いた方がすっきりするって。ほら、こっちにトイレがあるから早く」

辛《つら》そうな理久を支えてやりながら公園のトイレに連れていき、そこで胃の中のものを吐かせてやる。

どうやら彼は、空《す》きっ腹に酒だけを流し込んでいたようだ。

「ほら、もっかいベンチに座ろう。で、胃薬やるから飲んだ方がいい。これは水なしタイプだから、そのままで大丈夫だぞ」

　矢尋のバッグには常にミネラルウォーターや胃薬や頭痛薬が入っているが、差し出した錠剤を見ると、偶然にも潮野薬品の胃薬だった。

「あの…矢尋さん、さっきバーで俺を連れ出してくれたとき、どうしてわかったんです？　俺、気分が悪そうにしてないつもりでしたけれど。それに胃薬なんていつも持ってるんですか？」

「あ〜、まぁな。気分悪くて吐かれるのには慣れてるっていうか……わかるんだよ」

　曖昧《あいまい》に笑う矢尋は仕事柄、今にも吐きそうな顔は見慣れている。

「それって、あなたがバーテンとか、ホストかなんかってことですか？」

　先ほども感じたが、やはり理久は育ちがいいだけあって、品のいい話し方をする。

「あ〜。まぁ、違うけど近いかな」

　吐いたせいか急速に酔いが醒めたらしい理久は、今さら我に返ったようで妙な言い訳を始めた。

「なんか俺、悪酔いしていたせいか、ずいぶんこみ入った話を矢尋さんにしてしまいましたね……普段はこんなこと言わないのに……恐ろしく恥ずかしいです。でも、不満をぶちまけたせいか、胃のムカムカと一緒に気持ちまで楽になった気がします」

　そう言って彼は、今日一番の爽やかな表情で笑った。

「そりゃよかった。でも理久の愚痴は、俺が無理に聞きだしたんだから気にするなよ。まぁ、そういう負の要素は腹にためてるのはよくないから、こうやって酒と一緒に吐いてしまえば楽になる」

「はい。その通りみたいです。でも、なんでだろう。矢尋さんにだったから、俺は素直に悩みごとを話せた気がします。今まで愚痴なんか誰にも言ったことなかったのに……あなたはなんだか雰囲気が甘えやすいっていうのかな？　ちょっと自分が叱《しか》られた子供みたいな気分になるけれどすごく安心する。それにぜんぜん不快じゃないんです。不思議だな」

「叱られた子供みたいな気分？　へぇ、おまえ……すごいな」

それ、かなり当たってる…と、矢尋はひっそりと胸の内でつぶやく。

「え？　なにがです？」

「いや。まぁ、とにかく酔いが醒めてよかったな」

「はい。ついでに、甘ったれた自分からも覚めました」

「そりゃよかった。まぁ、理久はこんなに素直でいい奴なんだから、きっとこれからは上手くいくよ。さぁ、俺もタクシー止めて帰るから、おまえもそろそろ帰れよ。じゃあな」

「え？　ちょ、待って」

ベンチから立ちあがったとたん、矢尋は強く手首を摑《つか》まれてしまう。

まだ酒が抜けきっていないのか、恐ろしく馬鹿力だった。

「矢尋さん、あの…まだ帰らないで。もう少し一緒にいたいです」

「は？　なんだよおまえ。ふふ……理久ってやっぱり子供みたいだな」

「あ〜、そうかもしれません。俺が子供だったらあなたが一緒にいてくれるなら、今は子供ってことでいいです」

「なんだそれ？　仕方ないなぁ」

そう言った矢尋は、もう一度ベンチに腰掛けると理久の背中に手をまわし、まるで子供にするようにぽんぽんしてやる。

穏やかで温かい体温が伝わったのか、理久は安らかな顔をしてもたれかかってきた。

「どう？　もう満足したか？」

「いえまだ……」

「おまえ、わがままかよ」

「でも俺、矢尋さんにもたれていると、なんかすごく安心する……」

そのあと、理久の逞《たくま》しい腕が今度は自分の肩にもまわってくると、矢尋は身を引くようにして離れた。

「こら。いつまでも甘えてんじゃないよ。ほらこれ」

矢尋は財布を取り出すと、唐突に五千円札を抜いて差し出す。

「え？」

自分が年上だからだと理由を答える。

「タクシー代」

不思議そうに首を傾《かし》げる相手に、自分が年上だからだと理由を答える。

「そんな……いいです、こんなの」

「もらっとけよ遠慮するなって。実はさ、さっきはバーを出る口実が作れて助かったんだ」

「あ！　そう言えばすっかり忘れてましたけれど……智と意気投合していた大人っぽい方は、矢尋さんの彼氏なんでしょう？　智と二人きりにしてよかったんですか？」

「あぁ……うん」

矢尋にとって毅士は社会的地位も容姿もセックスも、かなり理想的な恋人だった。

セックスは多少、アブノーマルなことを好む傾向にあるが、それも許容範囲だ。

なのに毅士を独占したいとか、ずっと一緒にいたいとか思ったことがない矢尋だが、相手にそれほど執着がないのはお互い様だと感じている。

性に奔放な彼は自分以外の誰かと寝ることもあって、それを咎《とが》めたことはなかった。

相手に対するそういった淡泊な傾向は実は毅士に限らず、今まで矢尋は、相手を独占したいと思うような熱烈な恋をしたことがない。

それは運命の相手に巡り会っていないせいなのか、ゲイの恋愛に自分が最初からあきらめているせいなのかはわからないが。

それでも、まがりなりにも毅士はれっきとした矢尋の恋人だった。

「毅士のことは別にいいよ。ぶっちゃけ、そういう面倒なつきあいじゃないしな。理久こそいいのか？　あの可愛い恋人くん」

さっきのジャズバーは恋人限定の店で、そこに二人で来るということは公認の恋人なのだろう。

「え？　あぁ……あの、智とは……」

理久がうつむいて口ごもったことで、恋人のことが気になっているのが推察できた。

「まぁ、俺があとで毅士に悪さしないよう電話で釘《くぎ》を刺しておくから、そんな心配するなって。おまえは今夜は体調が悪いんだからもう帰った方がいい。お金、それで足りるか？」

「はい。大丈夫です……実は今、ちょっと持ち合わせがなかったから助かります。必ず返すんで、よかったら携帯教えてもらえますか？」

「あ～、別にいいって。また店で会ったら美味《おい》しいカクテルでもおごって」

「そんなんじゃだめですよ。ちゃんと返したいんで携帯教えてください」

真面目な顔で訊いてくる理久に妙な下心がないことはわかるが、ちょっとからかいたくなった。

「へぇ、なんだよそれ。ナンパ？」

「またナンパって言いましたね！　違いますって。あ、でも……誰かの電話番号を自分から訊くの、これが初めてだからわからないんですけれど、ナンパ……なのかも？」

「またぁ！　イケメンが嘘《うそ》ばっかり言ってるよ。ん～、じゃ、キスで許してやる」

「は？　え？　ええっ！」

ガタイのいいイケメンがうろたえる姿は妙に新鮮で、なんだかワンコみたいで愛着が湧《わ》く。

ベンチに座っている矢尋は理久との距離をわざと詰めると、唐突に顔を寄せて唇を合わせた。

唇の表皮にぴりっと電気が走ったような気がして、軽い悪戯《いたずら》のつもりなのに自分でもちょっと驚く。

触れている唇越しに相手が息を飲んだのがわかって、矢尋はほくそ笑みながらも、さらに舌で唇の結び目をつついた。

「……っ！」

そのとたん、あわてて身を離した理久に対して、わざと拗《す》ねた顔で文句を垂れる。

「なんだよぉ、ガキじゃないんだからさ、口開けろよ。もっと真面目にやれって」

「あ。え？　はい……ごめんなさい」

戸惑った謝罪のあと、急に様相の変わった端整な顔が落ちてきて思わず目を閉じる。

能動的になった舌が目的を持って唇を割ってきて、濡《ぬ》れた感触がやわらかく舌に絡んでくると背筋が震えた。

「つぁ！」

感じてしまったことに驚いて身を引こうとしたが、いつの間にか後頭部に大きな掌《てのひら》が重なり逃げられないように固定されていて、口腔のやわらかな肉をゆったりと蹂躙《じゅうりん》される。

――――なんだよ、これ……唇も舌も、すごく熱い。

二人はどちらからともなく身体《からだ》を密着させ、いつしか唾液《だえき》を混ぜ合うほど濃厚になったキスに酔いしれる。

艶《なま》めく水音が絶え間なく続き、思わず口角から唾液がこぼれてしまったが、それさえ逃さないように理久の舌がいやらしく舐《な》め取ってくれた。

呼吸も唾液も奪うような熱烈な口づけに、息苦しくなって先に音をあげたのは矢尋だった。

「ちょっ、理久…待って！」

筋肉の盛りあがった胸を両手で突いて距離を取る。息が乱れていた。

「……矢尋さん？」

「ぁ……おまえ、っ……奥手なのかと思ったけど、キス……意外と上手いのな。もしかして慣れてる？　さっきまでの純情ぶりは、そう見せる作戦？」

「え？　なに言ってるんですか。別に、ただすごく気持ちよかったから夢中で……でも、俺なんかより矢尋さんの方が上手いですよ。すごく……その、気持ちよかった」

それは自分もだ。

「そぉか？　サンキュ。じゃ、お礼はキスでもらったから、今度こそ、じゃあな」

相手をからかうつもりで仕掛けたおふざけのキスに、不覚にも溺《おぼ》れてしまった自分に、なんともいえない心持ちになる。

「え？　矢尋さん。待って！」

またしても伸びてくる腕に今度こそ捕まらないように立ちあがると、踵《きびす》を返して走った。

ちょうど公園の前を通りかかったタクシーを止め、開いたドアに素早く身をすべり込ませる。

脈が速いのは走ったせいじゃないとわかっているから、嫌になった。

矢尋が謎《なぞ》の胸の高鳴りに頬《ほお》を熱くしているとき、ベンチでは小さな独り言が漏れていた。

「なんだろう、この感じ。俺は……もう一度、矢尋さんに会いたい……」

【2】


今夜、山梨県道志《どうし》村のキャンプ場で、ペルセウス座流星群の鑑賞イベントが行われている。

密かに天文オタクである矢尋も鑑賞に来ていた。

某大学の鈴木《すずき》教授のブログに日参している矢尋は、東京近郊で行われる星座や流星群、彗《すい》星《せい》などの鑑賞会や撮影会の情報がアップされれば、今までも何度か参加していた。

集まっているのは主に教授の大学での教え子だが、他にも家族連れやカップル、星が好きな人など様々で、特に天文オタク系といわれるような参加者も多かった。

幅広い層が集まる理由については、ブログの更新内容が学術的な専門分野だけでなく、宇宙人やオーロラなど幅広く、別の意味でもマニアックだからだろう。

日本で鑑賞できる流星群はいくつもあるが、もっとも有名なものは一月のしぶんぎ座流星群、八月のペルセウス座流星群、十二月の双子座流星群の三つ。

七月も終わりの今夜は雲もない新月の夜で、絶好の流星群鑑賞日だった。

肉眼でも一時間に四十から五十の流星が目視できるとあって、多くの天文ファンが集まっている。

子供の頃の矢尋はとにかく星が好きで、しょっちゅう夜空を眺めていた。

もちろん宇宙開発や有人ロケット計画なんかにも興味があって、小学生の頃の夢はNASAのクルーになることだった。

その日、都内から一時間半ほど車を走らせて道志村を訪れた矢尋は、自慢のデジタル一眼レフカメラに明るい広角レンズを装着し、それを三脚にセットして流星群の撮影をしていた。

「いいカメラですね」

レンズ越しに夢中で星をのぞいていると、ふと頭上から話しかけられて、なんだか聞き覚えのある声に顔をあげる。

「わ！」

「え～！」

お互い発したのはそんな第一声だった。

「あの……矢尋、さん？　ですよね？」

「あぁ、えっと。理久？」

「そうですけど、あの」

「理久はここで、なにしてんの？」

正直、このモデル張りのイケメンと流星群の鑑賞イベントとが、どうにも繋《つな》がらない。

「なにって、今夜はペルセウス座流星群を見に来たに決まってるじゃないですか」

「え、マジで？　うわ～、びっくりした。星とか、興味あるんだ？」

「ありますよ。マニアと言っても過言じゃないくらいね」

そう公言した理久は、矢尋のカメラに装着された広角レンズなどを熱心に見ている。

「うわぁ～、ほんとに意外」

「意外ですか？」

「だって、その洒落た服装でそのビジュアルだし……なのに天文オタクなんて予想外だって。でもさぁ、鈴木教授の鑑賞イベントには今日が初参加？」

「いえ、これまでも何度か参加してましたよ。矢尋さんこそ、今日が初参加ですか？」

「俺も時々来てたけど……そうなのか？　びっくりだよ。でもおかしいな……俺、好みのイケメンを見落としたりするはずないんだけど、理久のこと少しも覚えてないんだよな～」

「あ。でも俺、なぜかバーで会ったとき、矢尋さんの声には聞き覚えがあったんですよね」

「あ～、そういえば……」

最初に会ったとき、理久は確かにそう言ってたっけ。

「矢尋さんには古典的なナンパだ…って、からかわれましたけど」

「あははは！　そうだっけ？　ははは」

急に笑いだしたその声を聞いて、理久は唐突に思いだす。

「わかった！　もしかして去年のクリスマスの恐ろしく寒い夜、双子座流星群が来ていたときの鑑賞イベントにも参加してましたか？」

「してた！　俺、あんまり寒くてゴーグルみたいなサングラスにニット帽かぶって、マフラーぐるぐる巻きにしてた」

「やっぱり。そういう怪しい服装の人なら覚えてます！　俺もその日風邪《かぜ》をひいてて、でっかいマスクに耳当てのついたハンティングキャップかぶってました」

「あ～、俺も覚えてる。やたらとＩＳＳ《国際宇宙ステーション》の『きぼう』の話で盛りあがったマニアックな人。で、クリスマス前なのに恋人の話とか一切しなかったよな」

「でしたね」

どうやらバーで初めて会ったとき、理久のセンサーは矢尋の声に反応していたらしい。

初対面のときを思い出すと、お互い本当に不審者みたいな防寒服を着ていて、なんだかおかしい。

「理久さぁ、今年のお正月、一月四日のしぶんぎ座流星群のときは来てた？　実は俺、ちょっと探したんだけど、わかんなかったんだよ」

「うわぁ残念。正月は毎年実家で親族が集まるんで行けなかったんです。そっか～、矢尋さんに会えるなら、親族から非難を浴びても行けばよかった」

「あ～でもさ、もし正月のイベントで再会していても、俺だってわかんなかったんじゃない？」

「それは言えてます。初対面のときはお互い覆面してたような有様ですからね」

「あははは」

耳慣れた笑い声に、理久は安心したようにつられて笑う。

「矢尋さん、そういえばこの前、公園で話していたとき、ペルセウス座流星群の見える北東の方角を見ていましたか？」

「あ、見てた！　実は俺もちょっと気づいてたんだ。でもあのときは理久もたまたま同じ方角を見ていると思っていたけど、実は同じ流星群の方を見ていたんだな。あ〜、なんか面白い」

「本当ですね。世間は広いようで狭いって本当なんですね」


その後、鑑賞イベントでは矢尋が働いている保育園の園児の父親に偶然に会って、理久は矢尋の職業を知ることになった。

「俺が保育士っての、意外だったか？」

「あぁいえ、そうでもないです。でも正直、初対面のときに矢尋さんがやけに世話を焼いてくれたり、甘えさせるのが上手かったワケがわかってすっきりしました」

「そっか」

「でも、どうして言ってくれなかったんです？」

「別に隠してたワケじゃないよ。訊かれなかっただけ」

まぁでも、いつも自分が保育士だって話すと十中八九は意外だと言われるから、あまり進んで明かすことはしない。

「意外じゃないですよ。本当の矢尋さんを知ってる人なら、むしろぴったりだと思うでしょうね。でも……なんだか本当に、あなたには驚かされてばかりだ」

「驚かされるなら、こっちも同じだって」

そのあと二人はベンチに腰かけて流星群を鑑賞していたが、理久が前回、矢尋に打ち明けていた仕事のお悩み相談について、その後の経過を話してくれた。

理久はジャズバーで会った日、矢尋にアドバイスを受けたように、今は新規事業の企画を入念な調査のもとに真面目に練っている最中だそうだ。

さらに同僚や上司に対しても、これまで自ら壁を作っていたような態度を改めて素直に相談や質問をするようになったという。

今はまだ目に見える進展はないが、以前ほど露骨に避けられたり陰口を叩かれるようなことはなくなったらしい。

矢尋はそれを聞き、耳の痛い忠告を素直に受け入れて実行する理久をあっぱれだと尊敬し、そしてなんだか安堵《あんど》した。

すっかり話し込んでいると、矢尋が突然、なにかを思い出したように声をあげた。

「あ！　そろそろ見えるかも！」

「本当だ。今夜は確か、四時半でしたっけ」

突然発したワケのわからない台詞に対しても、理久からは『なにがです？』なんて興ざめするような質問は返らず、矢尋はなんだか気持ちが高揚するのを感じて嬉しくなる。

「え～？　すごいな！　俺がなんのことを言ってるのかわかるんだ？」

「あたり前でしょう。この時間に起きていて、見られる位置を通過するときは必ずチェックしています。それにクリスマスのときも話しましたよね？」

「あはは、そうだったそうだった」

二人が話題にしているのは、夜空を移動する肉眼でも見られる小さな光のこと。

実はその光の正体は、ＮＡＳＡのＩＳＳだった。

「今夜は特に傾斜角度が高いから、見つけやすいしな」

『きぼう』と名づけられたＩＳＳの内部では、現在、ＪＡＸＡの宇宙飛行士がプロジェクトに参加している。

たとえば医療などの分野における、様々な無重力下での実験である。

ＩＳＳ自体はコースを変えて地球を一日に約一周しているから、数日おきに東京でも観測ができた。

「あ～、矢尋さん。なんかすごく嬉しいです。実は俺、周りに星や宇宙の話ができる友達がいないんです」

なにか新しい玩具をもらった子供みたいに瞳を輝かせている理久を見て、矢尋は思った。きっと今、自分の目もキラキラしているんだろうなと。

「俺も同じだよ。まぁ、うちの保育園の子供たちはみんな星が好きだけれど、こんなマニアックな話はできないし」

「本当にそうですよね。ＩＳＳの傾斜角のことを話しても子供はわかんないでしょうしね」

「あははは、傾斜角な！　そうだそうだ。あとカメラのレンズやフォーカスの話もできないし」

この鑑賞イベントには何度か来ている矢尋だったが、参加者の多くは教授の教え子で、なんとなく輪に入りにくい雰囲気から、ここで誰かと親しくなることはあまりなかった。だから、同じ嗜好《しこう》の知り合いができるなんて本当にワクワクするほど嬉しい。

「そういえば矢尋さん、よかったら撮影した星の写真を見せて欲しいです。アルバムとか持ってませんか？」

「あ〜っと、今は車の中に少しあるけど。今日はこのあといったんうちに帰って、夜が明けたら寝ずに朝から仕事なんだ。写真はまた今度な……あ、よかったら家まで送っていこうか？」

気がつけばそろそろ帰らなければならない時間になっていたが、車で移動中に写真を見せることならできそうだ。

「ありがとうございます。でも……俺もあいにく車なんです」

「そっか、だよな。こんな山の中だしな」

ひどく肩を落として残念そうにする理久だったが、自分が撮った大切な星の写真を見たいと言ってくれることが嬉しかった。

「……あの矢尋さん、また会えますか？　あ、その。変な意味じゃないんです。ただ星の話とかもっとしたくて。でもやっぱり……変な意味に取れるかな？　矢尋さんには恋人がいるんだし……」

すっかり失念していたが、それは二人に共通した現実。

いや。厳密に言うなら、矢尋は忘れていたのではなく、忘れようとしていた。

「恋人がいるのは理久も同じなんだから、そんなのお互い様だろ！」

自然と口調がきつくなる理由から目を逸《そ》らしたくて、矢尋は唇を噛《か》む。

それでも、どうしても考えずにはいられなくて、ただやるせなかった。

もしも………もしも理久が自分の恋人だったら、流星群や星座を見に世界中のどこへでも出かけていけるのに。

なかなか気持ちは切り替えられなかったが、時間は過ぎていく。

「なぁ、理久も車で来てるんだろ？　そろそろ帰るなら、車まで一緒に行くか？」

「……はい」

駐車場までは林を抜けてわずか五分の距離しかなくて、もう少し一緒にいたい気持ちが募るまま、あっという間に自分の四輪駆動車までたどり着く。

「これ、俺の車だから」

本心は、まだもう少し話をしていたいし、一緒にいたい。

さっき理久にまた会いたいと言われ、その返事も濁したままだが……。

そうだ。

写真が見たいなら、次の休みに家においでと誘えばいいじゃないか？

気まずい沈黙の中、そこまで考えいたってから矢尋はあわてて首を振った。

「……あの、矢尋さん。さっきの返事……聞かせてください。また会えますか？」

自分はなんて馬鹿なことを望んでいるんだ？

理久には智という可愛い恋人がいて、自分にだって毅士がいる。

正しい返答なんか決まっていた。

「まぁ、そのうち会えるんじゃないの？　二丁目のあのジャズバーとかで？」

わざと軽い口調で伝えることで、重くなる気持ちを払拭《ふっしょく》したかった。

「実は俺、あれから何度か……あのバーの近くまで行きました。でも恋人同伴じゃなければ入れないし……」

どうして？

彼がなぜあのバーに何度も行ったのか、その理由を訊きたくて、でも怖い。

「そんなの、恋人と行けばいいだろう？」

冷たい言い方だと思ったが、理久はそれに対してただ小さなため息をついただけだった。

「……あぁ、そうだ。この前借りたタクシー代、矢尋さんに返さなきゃ」

「別にいいって言っただろ。キスで帳消しにしたの忘れた？　じゃあ、またな理久。今日は偶然でも会えて楽しかった。ありがとな」

矢尋はリアハッチを上に開けてカメラやレンズ、三脚などを丁寧に置いていく。

おそらく、キスというワードを使ってしまったのが悪かったのだろう。

あのときの艶めかしい感触と興奮が互いの中でよみがえってしまう。

矢尋は脳裏に浮かんだ残像を散らそうとして、乱暴にリアハッチを閉めた。

ドアロックがかかったかを確認して顔をあげた瞬間、後部ガラスに、唇を引き結んで怖い顔をした理久が映って息を飲んだ。

あわてて身体ごと理久の方へと振り返るが、

「俺もね……あなたに会えて楽しかったです。矢尋さん………」

正面からいきなり両肩を摑まれ、車のリアハッチに乱暴に押しつけられた。

「ちょっ…理久！」

大きな身体が覆いかぶさってきて、互いの表面をぴったりと密着させられる。

驚いて顔をあげると、ほんの数センチの至近距離に、追いつめられた表情の端整な顔があった。

「な…に？」

「すみません……でも、俺……どうしてもあなたに……」

もう一度キスしたい……という言葉は、直《じか》に唇に触れながら振動で伝えられた。

理久と交わすキスは、これで二度目だった。

唇を優しく包むように何度も触れ合わせ、やがて舌が固く閉じ合わせた唇の狭間《はざま》をたどる。

まるで、ほどいてと乞《こ》われているように甘くて優しくて、それなのに引く気がないことが伝わる強さもある。

背中にまわってきた掌が、労《いたわ》るように肩胛骨《けんこうこつ》を服の上からやわらかく撫《な》でる。

切なさと甘さを知らしめるような触れ合いにまつげが震えると、なだめる手つきで髪を梳《す》いてくれた。

「矢尋さん」

理久の声が甘露に震えていて、今までキスに心酔しそうになっていた矢尋も、自分たちがなにをしているのかをリアルに意識した。

今のキスは、前回のように自分からふざけて仕掛けたものとは意味合いも色合いもまったく違っていて、だからこの感情的な交わりに戸惑わずにはいられない。

でもなぜか、理久との口づけは自然なことのようにも感じられて……。

触れ合っている唇も身体も、その全部が不思議なほど温かくて優しい気持ちになっていく。

心臓はさっきからうるさいほど音を立てて、戸惑う気持ちとは裏腹に矢尋の両手はやがて背筋の張った背中に静かにまわった。

「……理久」

発せられた呼び声には、隠しきれない歓喜が甘味と混じり合ってにじみだしている。

恋人ではない誰かとキスをするなんて不貞を働いたのは初めてだから、ただの背徳的なキス一つで、これほど色めいてしまうのだろうか？

口腔を隅々まで舐めまわされて、そこで生まれた悦が首筋を伝ってうなじから背筋まで這《は》い下りていく。

ざわざわと熱いものに浸食され、足が細かく震えだすと、矢尋はさらに強く理久に摑まった。

「うんんっ……っ」

湿気を帯びた喉声《のどごえ》と水音が矢尋の鼻腔から漏れると、それが理久の鼓膜を痺《しび》れさせる。

互いに目尻を紅《あか》く染めながら口づけに酔いしれていたが、やがて理久の欲望が無意識に腰に押しつけられて……。

その瞬間、甘やかな雰囲気は一気に崩れ去って、矢尋は我に返った。

「理久！　だめだ」

咎める声を合図に、まるでお互い反発し合う磁石のようにとっさに離れると、乱れた息も濡れた唇もそのままに無言で見つめ合う。

理久に惹かれている事実は己の身体で証明されてしまったけれど、どうしようもない。

「こんなの、やっぱりよくないよ」

「すみません。でも、キス……したかったんです。これまでずっと、あなたが俺にしてくれたキスが忘れられなかった。こんな気持ち…初めてなんです。嘘みたいに聞こえるかもしれませんが、本当なんです！」

これは紛れもない裏切りで浮気で、平気でこんなことを仕掛ける理久に身勝手にも腹が立った。

どうして理久は恋人がいるのに、俺にキスなんかするんだよ？

相手を責める言葉が真っ先に浮かんだけれど、自分だって避けられたのにそうしなかった。

思い返せば、ふざけていたとはいえ、初対面のときにキスを仕掛けたのは自分からだ。

その時点で、相手を責めたり問いただす資格なんてない。

「矢尋さん。あの……今度、もう一度だけ会ってもらえませんか？」

何度目かの懇願。

「そんなの、だめだよ……」

俺にもおまえにも恋人がいるんだし、それに……これ以上惹かれるのは怖い。

「ごめん理久。俺……もう帰る」

「待ってください。なら、連絡先だけでも教えて欲しい！　でないとこの手、放しません」

強引に摑まれた手首を悲しい目で見おろしながら、弱音を吐く。

「いやだって。なぁ……理久。困らせないでくれよ。俺、帰りたいんだ」

なんだか怖くて情けなくて、悔しいけど涙がにじんで声が震えた。

それを見て、ようやく理久も気を静めてくれたようで……。

「……すみません俺！　本当に……どうかしていました。あの、帰り道、運転に気をつけて……」

「うん。理久……おまえも、気をつけてな」

彼の切ない瞳を見たくなくて、矢尋は振りきるように運転席にすべり込んでエンジンをかけた。

【3】


切ない別れ方をしてからずっと、矢尋は理久にまた会いたいと密やかに願いながら日々を過ごしていた。

自分はゲイだが、今までは所詮《しょせん》、同性と本気の恋愛なんてできないのだと、心のどこかで半ばあきらめて過ごしてきた。

でも理久との出会いはこれまでのそんな哀《かな》しい達観を払拭してくれるような、新しいなにかを含んでいる気がしている。

お互いに恋人がいるのだから、たとえ理久と恋仲になれなくても普通に共通の趣味を持つ友人としてつきあえたら誰よりも楽しいだろう。

理久に対する想《おも》いは今までの恋愛と違い、欲望より好意が優先している気がしていたが、星空の下で交わした濃いめのキスのあと、理久に抱かれたいという欲求も潜在していることに気づかされた。

今まで本気の恋愛なんてしたことはないけれど、心と身体の両方で相手を欲しているなんて領域はまだ未知で……。

不貞だとわかっていても、こういう感情が本当の恋の始まりなのだろうかと想像した。

「また、理久に会いたいな……」

彼と同じように、二丁目のあのジャズバーに通ってみたら会えるだろうか？

こんなふうに考えるなんて、生まれて初めてだった。

これほど惹かれる相手に出会うなんて……。

でも、自分の感情が毅士を傷つけてしまうのなら、もう会わない方がいい？

以前毅士に、『矢尋はどうして浮気をしないのか？』と訊かれたことがあるが、自分は『本気になるのが怖いからだ』と答えた。

ようするに、毅士みたいに浮気と割りきった関係を容易《たやす》く築くことはできないからだ。

古風な考えなのかもしれないけれど、心を許した相手にしか身体も許せない。

もしこの先、心も身体も両方欲しいと本気で望める相手が現れたとしたら、それが恋なのだと思っていた。

——人は、運命の相手にいつ出会うんだろう？

未来を見据えては、いつも漠然と想像していた。

もし出会えたとしても、その人が運命の相手だなんて、どうして見抜けるのか？

ずっとそんなことが疑問だったけれど、今ならわかる。

理久のことを想うとき、彼が運命の相手かもしれないと五感で感じるからだ。

でも、こんな想いは絶対に綺麗じゃない……。

夜の闇《やみ》に身を隠すようにして、矢尋はただ静かに震えていた。


四人がジャズバーで出会ってから二週間後、矢尋は毅士から会いたいと連絡をもらって、今夜は六本木にあるホテルのラウンジで飲んでいる。

そこで彼の口から聞かされたある提案は、矢尋にとって驚愕《きょうがく》のものだった。

提案というのは、先日ジャズバーで知り合ったカップルと一緒に、夏期休暇にニューカレドニアに旅行に行こうというものである。

しかも、目的はスワッピングだというから耳を疑ってしまう。

毅士はどうやら智という青年が気に入ったようで、なんとしても彼と寝たいと息巻いていた。

こういう露骨な要求を恋人から聞かされても正直、嫉妬という感情が湧かないあたり、自分は冷めているのかもしれないと矢尋はいつも思う。

その理由は毅士が演出家という派手めな職業だから仕方ないとあきらめているからか、毅士を本気で愛していないかのどちらかだろう。

「なぁ毅士……その、スワッピングってさ、どういうことなんだよ……」

「あ～まぁその、スワッピングってのは夫婦交換って感じだけど。でも俺らの場合、恋人交換ってことになると思う。カップル同士が相手を交換してセックスを楽しむんだよ。もちろん複数プレイもありだし4Pもやってみたい。どうだ？　なかなか刺激的で楽しそうだろ？」

軽やかに吐き出される過激な台詞と内容に、なんだか急にめまいがしてきた。

やっぱり演出家の考えることは突飛すぎて、ついていけそうにない。

「でも……それってさぁ、あっちの二人もちゃんと了承しているのか？」

「もちろんそうだ」

流星群の鑑賞イベントの夜、駐車場で強引に唇を奪われたときからずっと、矢尋はもう一度、理久に会いたいと思っていた。

なんというのか、気持ち的には中学生の初恋みたいに少しずつ互いを知って距離を縮めていくようなもどかしい恋愛を想像して、そんなありえない夢みたいな妄想をふくらませている。

たとえ願望が現実にならなくても夢を見るだけなら許されると思ったのに、こんな急展開があるのだろうか？

あれからずっと、どうして理久はあんな熱心なキスをくれたのだろうと何度も考えてしまった。

それを確かめる勇気は、さすがになかったが。

「それって、えっと智くんだっけ？　彼だけじゃなく理久も……本当にスワップを了承してるってことでいいんだな？」

「あぁ、もちろんだ」

少なからずショックに思えたし、落胆した。

「そう……」

理久は、恋人を大切にするタイプに見えたけれど、違うのだろうか？

所詮ゲイの現実は、こんなものなのかもしれない。

理久も、毅士みたいに誰とでも寝るような男なのだろう。

ずっとずっと、自分だけを愛してくれる人に出会いたいと願っているのに毎回裏切られる。

傷つくくらいなら、本気にならない方がいいと現実の恋をあきらめた過去と今回も同じ。

愛する人に同じだけ愛されたいという願いは傲慢《ごうまん》で、結局は夢物語でしかないのだ。

どうしてこんな些細《ささい》な夢さえ叶《かな》わないのだろう。

ただ自分は、一生涯を共に過ごせる運命の相手を探したいだけなのに。

あぁ、ほらまただ。

こうやって堂々巡りのあとに、結局は恋をあきらめてしまう。

「悪いけれど、そういうのは辞退するよ。なぁ毅士、俺は気にしないから智と二人で旅行に行ってこいよ」

「馬鹿言うなって。智には例のイケメンの理久っていう彼氏がちゃんといるんだから、安易に俺と寝るわけにいかないだろう？　でも智も四人で旅行ならいいって納得してるんだ。スワップのことを話したら面白そうだって乗ってきたし。だから気楽に楽しもうぜ。もちろん俺の恋人は矢尋だから、この旅行が終われば元の鞘《さや》に収まればいいんだし」

相づちを打つ暇もない強引な説得は、まだ延々と続いていく。

「わかってるだろう？　俺には矢尋とのセックスが一番なんだから、ひと夏の危険なバカンスを楽しもうぜ」

「おまえねぇ、それってようするに……恋人公認で俺に浮気しろってことだよな？」

毅士に対しての愛情が希薄だと感じている矢尋から見ても、少なからずショックだ。

確《ふた》かに二人は肉体関係ありきの恋人かもしれないけれど、スワップを勧められるなんて身も蓋もない気がする。

でも自分だって理久と仲良くなりたいと密かに望んでいるのだから、毅士を責められない。

結局、自分も恋愛に対していい加減な人間なのかもしれない。

「別にいいだろう？　智の恋人の…ほら、理久は相当イケメンだったし。そういえば矢尋、最初の夜はあいつと一緒にバーを出ただろう？　なんでお持ち帰りしなかったんだ？」

理久とのことを、そんな低俗な軽い言葉にされたことで、なぜだか癇《かん》に障った。

気分を害した矢尋はテーブルを一つ叩く。

「おまえと一緒にするなよな！　毅士が行きたいなら智と二人で行けばいいって言ってる」

「落ち着けって。なに怒ってんだよ矢尋、らしくないぞ。だから何度も言うけれど、智にだって彼氏がいるんだからさ。スワップってことなら公然と交換セックスできるんだって」

「それはさっきも聞いた。はぁ……相変わらずおまえって顔はいいのに性格はクズだな」

「ははは、そういう歯に衣《きぬ》着せない物言いも好きだぜ。で、一緒に行ってくれるよな？　矢尋だってあのイケメン、好みのタイプだろう？」

確かにそうだ……自分もそう思っているから否定はしない。

彼……理久がしなやかな筋肉のついた身体をしていたことは、服の上から観察して知っていた。

だからここで毅士相手に綺麗ごとを並べてみても、理久に抱かれたい願望は否定できない。

それに毅士の言葉を低俗だと非難してみても、自分は理久にキスしたわけだから、毅士だけを低俗だと責めることもできないだろう。

あぁ、やっぱり男ってのは即物的で情けない……。

結局スワップを了承するとして、その前にどうしても確認しておきたいことがある。

「なぁ毅士、智はおまえのファンだから理解できるけど、理久は……どうなんだ？　自分の恋人が毅士と寝るんだぞ？　あいつは、そういうことも含めてわかってんだろうな？」

「っていうか、おまえ……やけに理久にこだわるな。さては惚れたのか？」

「いや……その、実はさ……少し前に理久と偶然、別の場所で再会したんだ。毅十も知ってるだろう？　俺が天文オタクなの。でさ、この前、流星群を観に山梨の道志村に行ったとき、理久も偶然来ていたんだ。お互いびっくりした」

そのとき、わずかに毅士の眉が跳ねあがったのを矢尋は見逃さなかった。

少しは自分のことを気にしてくれているのだろうか？

「へぇ、同じ趣味があるってことなら、なおさらいいじゃないか。そのせいかな？　智が言っていたけれど、理久も矢尋に会いたがってるみたいだぞ」

そう聞いて、さらに疑問が湧く。

正直会いたいのは自分も同じだが、旅行の目的がスワップという以上、理久のそれはセックスを含んだ会いたいととらえていいのだろうか？

あの情熱的なキスを思い返すと、今でも腰が重くなっていやになる。

考えれば考えるほど、誰の気持ちにも共感できなくなってきた。

ならばもう、いっそなにも考えずに成り行きと欲望の求めるままに任せてみるのも悪くないのかもしれない。

なにが正解かわからないとき、頭であれこれ考えず、心で感じたことに従う方がいいのだと、前に誰かが言っていたことをこのタイミングで思い出した。

「わかったよ行ってやる。智とヤりたいっていう毅士にはとりあえず協力してやるけど、俺が理久と寝るかどうかは会ってから考える」

「よし、じゃぁ了承ってことでいいな」

「ああ」

「だったら、試したい新作の玩具《おもちゃ》があるんだ。南国っていうロケーションも最高だし、エロい演出をしてやるから楽しみにしてろよな」

実は毅士はことセックスに関しては若干変態が入っていて、ごくたまにだが大人の玩具で遊ばれることがある。

彼が言うには、マンネリを防ぐためのエッセンスも必要だそうだが……。

「おまえなぁ、俺はそういう趣味はホントにないんだって。つきあわされる俺の立場になれよ。それにその傲慢で自信過剰な性格もなんとかしろ」

「演出家なんてみんな傲慢で自信過剰だって相場が決まってんだから仕方がないだろう。そういう職業なんだ。それに矢尋自身が俺を恋人に選んだんだから、たまにはそういう変態セックスにもつきあってもらうから」

まったく、ため息しか出ない。

「はぁ………でも、あんまりエロい道具はヤだからな」

「だけど矢尋だって、ローターで乳首を責めたら嬉しそうにいい声で啼《な》くだろう?」

「ちょ…おまえ、馬鹿! 声がデカいって」

「あははは。でさ、旅行にはルールがあるんだ」

「は？　ルール？」

「あぁ簡単だ。二つだけ。一つは、旅行の目的は恋人交換スワップだから相手の恋人と寝てもいいけれど、愛を語るのは禁止。あと、帰国したら元のカップルに戻る」

なんだか一番、痛いところを見透かされているような気がした。

「ふ〜ん。どれだけ親密になっても、結局はお遊びの範疇《はんちゅう》でそれ以上の感情を持ってはだめってことなんだ？」

「そうだ。あくまでお遊びなんだから、本気になるなよ矢尋。俺がいるんだからな」

「その言葉、まんま返すよ。おまえこそあの子にご執心なくせに。それに、俺と違って智は演出家としての穀士のファンでもあるんだから向こうは本気かもしれないぞ？」

「そうかなぁ？　まぁ、でも心配するなって、俺には矢尋がいるんだから。浮気するなよ」

穀士との心の距離が、最近ますます開いてきたような気がする。

「マジで理解できないし、わかんないって。浮気を勧めておいて浮気するなって、もう俺はおまえのそういう思考についていけないよ。悪いけど、近いうちに見限ってやるから」

「冷たいなぁ矢尋は。でも愛してるぜ。本気なのはおまえだけだから」

「わかったわかった。おまえ、マジでいったい何人にそう言ってんだか」

「ははは。厳しいなぁ、こう見えて俺はいたって本気なのに」

「でも俺のことなら心配いらないよ。理久を好きになったりなんかしないから」

決意を口にしながらも、その台詞はまるで自分に対する戒めの呪文《じゅもん》のようだと思った。

でも、もうすべては遅いのだと、矢尋自身はまだ気づいていない。

同じように理久もそう。

唯一無二の恋を求めて、気持ちはもう動き始めている。

「あ、そうそう。智に聞いたんだけど、理久は潮野薬品の御曹司なんだってな。矢尋は知ってたか?」

「うん知ってる。初めて会ったときに本人から聞いた」

「なら話は早い。だから、ニューカレドニアでは、理久のオヤジさんが持っているプライベートビーチつきの別荘を貸してくれるってことだから」

ニューカレドニアのプライベートビーチつき別荘と聞いて、本当に自分と理久は住む世界が違うんだと実感させられる。

前に彼が会社での人間関係や仕事のことで悩んでいたのは、こういう浮世離れした部分も原因の一端としてあるのだろう。

本人に悪気がなくても、彼はこんなふうに容易に嫉妬の対象になる。

「わかったよ」

かくして矢尋は複雑な想いを抱えたまま、スワッピングバカンスへと向かうこととなった。

～　ニューカレドニア　～

ニューカレドニアはオーストラリアの東に位置し、森村桂《もりむらかつら》が天国に一番近い島と書いた小説の舞台となった南国の楽園だ。

夜に成田を飛行機で発《た》って約八時間半。

四人は朝になって、ニューカレドニア島、ヌメア・トントゥータ国際空港に到着した。

さっそく、島最大の高級リゾート地であるヌメアに観光に出かけ、土産店やクラブ、レストランやバー、観光施設などの場所を下見して把握する。

この島は南国のパリと称されるだけあって、街の雰囲気は建物を含めて西洋風でとても洒落ていた。

フレンチレストランでランチをすませたあと、彼らはレンタカーを借りてヌメアから南下し、島の南端にあるアンスヴァタビーチへと向かった。

そこに、理久の父が所有している別荘とプライベートビーチがある。

沿岸の道路を走って数十分で到着した目的地は、まさにアクアブルーの海と白砂の美しいビーチで、彼らの予想を上まわる規模の豪華な別荘が海に面してたたずんでいた。

息を飲む景観の美しさにひとしきり感動した三人は、理久が本物の御曹司であることを実感した。

別荘に入ると、すでにハウスキーパーによって室内は綺麗に清掃がなされていて、すぐに使えるようにと寝室なども整えられていた。

部屋に荷物を置いたあと、彼らはさっそく別荘の海側のプライベートビーチで、ボードセーリングをすることになった。

貝殻や珊瑚《さんご》の粉砕でできた白い砂と、透明度の高い海。

水面をきらめかせているのは、頭上に輝く眩《まぶ》しい太陽。

まるで観光ポスターのフォトの中に入り込んでしまったと錯覚するほど見事なロケーションに、四人はしばらく言葉をなくした。

パウダー状のさらさらとした感触の砂が、サンダル越しでも歩くたびに心地いい。

遠方に別のビーチが見えるが、そこには地元のサーファーやカップル、観光客などでにぎわっている。

それに比べるとここはプライベートビーチだから、目の前の美しい海を四人で独占している気分になって、ちょっとした優越感に浸れた。

真っ白なパラソルの下に並べたデッキチェアーに腰掛け、矢尋はバドワイザーのプルトップを引きあげてさっそく喉を潤す。

「ん～！　こういうロケーションだとビールも美味い」

実は運動音痴だという智につきあわされた矢尋は、理久と毅士がボードセーリングをする様子をビーチから眺めていた。

南国は気温が高くても湿度が低く、からりとしてとても快適だ。

強めの海風も、陽《ひ》に照らされた肌の温度を下げてくれるから本当に気持ちがいい。

「すみません矢尋さん、僕につきあわせちゃって」

「いいよ。俺も実はさ、球技ならなんでも得意なんだけど、スノボやサーフィンとかバランス系はあんまりだから」

ここに来るまで、機内やタクシーの中で智とも世間話をしたが、とても気さくで純粋な人柄だと感じている。

ただ、あまり物事を深く考えずに感覚で生きているような面があるように思えた。

「あ、ほらあそこ見て見て！　理久はすごく上手でしょう」

ここは湾になっているがほどよく風も波もあって、ボードセーリングをするには最適だ。

沖から吹いてくる海風をセールに受ける理久は、水面を走らせながら、波頭が翻るポイントでボードをジャンプさせる。

「うわっ。すごいな」

丸い水滴をキラキラと散らして鮮やかな赤いボードが空に浮き、白いマストが陽光を弾《はじ》く。

跳ねたボードの上で身をかがめた理久は、片手でセールを裏返して海面に着水した。

一瞬にして風を受ける面が変わったセールは、今度は逆方向にボードを走らせた。

まるで手足のように大きなボードを自在に操る理久から、目が離せなくなる。

本人は天文オタクだの隠れオタクだなどと機内でも話していたが、バランス系が得意ということは、基本的に運動能力が高い証拠だろう。

それに、初めて見る理久の裸体は、綺麗に筋肉がついた理想の体型だった。

セールやボードを操るたび、違った部位の筋肉が張ったり動いたりするのを凝視してしまう。

「ねぇ矢尋さん。毅士さんって、すごくいい身体してますよね。逆三角形」

智にかけられた声で、自分が不謹慎なほど理久ばかりを目で追っていたことに気づいた。

「あ〜、うん。毅士は大学時代こそ劇団に夢中だったらしいけれど、子供の頃から水泳を習っていて、高校時代は国体にも出たらしい。だから泳ぎは上手いんだよ」

「へぇ、水泳か〜！　ね、理久もいい身体してるでしょ？　毎日仕事のあとでジムに通ってるんだって。ストレス発散のためらしいけれど、毎日なんて僕なら逆にストレスたまりそうかな」

「確かにそうだよな。あのさ、理久ってボードセーリングが上手いけど前からやってた？」

「えぇ。理久は子供の頃からお父さんに毎年、この別荘に連れてきてもらって習ってたから上手なんです」

毅士もあっという間に腕をあげているが、どうしても矢尋は理久ばかり目で追ってしまう。

「なぁ智、あのさ……その……なんで今回、スワッピングの話を受けたんだ？」

唐突かとは思ったが、二人きりのときにしか訊けない質問。

「え？　あぁ、だって僕、毅士さんの作る舞台の大ファンなんです。あ、ごめんなさい。別に矢尋さんから彼を奪おうなんて微塵《みじん》も思ってないから安心してくださいね。ただ、憧《あこが》れの人に一度でいいからその……抱いてもらいたかったから」

「ふぅん。憧れの人か……まぁ、あいつは確かにセックスは上手いよ。ちょっと変態じみた演出をするのも好きだから、俺は時々戸惑うけどな」

「へぇ！　僕そういうのすっごく好みだから逆に楽しみです！　あの、僕からもちょっと変なこと訊いていいですか？」

「……なに？」

「矢尋さんは、あのモテる毅士さんをどうやって……その…落としたんですか？」

「別に落としたわけじゃないって。実は俺、演出家としての毅士をまったく知らずにバーで知り合ったんだ。で、最初はお互い外見が気に入って…それからも何度か会って、なんとなく一年続いてる。だから俺は毅士の仕事のこととかわからないし、舞台を観てもあまり興味も湧かないんだよ」

「そんなの……信じられない。あんな才能のある人なのに！　矢尋さんは好きな人の作り出す世界をもっと観て知りたいって思わないんですか？」

ひどく責める口調で問われて驚いたが、きっと智は本当に毅士のファンなんだろう。

「う〜ん。それが思わないんだよなぁ」

「それって、矢尋さんが本当に毅士さんを好きじゃないってことでしょう？」

歯に衣着せない本音の発言にぎょっとするが、言い得ているかもしれない。

「矢尋さんがそんな隙《すき》だらけだったら、いつか毅士さんを誰かに奪われてしまいますよ？」

「かもなぁ」

今まで一度だって、毅士を独占したいなんて思ったことはない。

毅士だけでなく、これまでつきあった男に対してすべてだ。

「……あの、だったら教えてください。矢尋さんこそ、どうしてこのスワッピング旅行の話を受けたんですか？」

「あ〜。それはさ、毅士に熱心に勧められたからだよ。最初は断ったんだけど、あいつ、君にずいぶんご執心だからさ」

「え？　今の本当の本当ですか？　うわ、すごく嬉しい！　わ〜！　……あ、すみません」

脳天気に喜んでしまった智は、目の前にいるのが毅士の恋人だと思い出して急に恐縮した。

「いいって、別にそういうの気にしてないから」

正直、今の発言に対しても、嫉妬だとかいう感情が湧かない自分に驚いているくらいだ。

「でも、恋人に勧められたからってだけで、スワッピングを受けたんですか？　矢尋さん、忘れていません？　あなた……理久と寝ることもできる？」

「え？　う～ん。生々しいなそれ。まぁ……そうだなぁ。理久と寝るかどうかは今はわからないけど、スワップの話を受けたのは単に理久の顔が俺好みだったから……かな？」

半分本当で半分嘘。

本当は性格もすごく気に入っているけれど、わざと軽い調子にした。

あと、スイッチ入った彼が意外と強引なところも、甘めのキスもとても好みだった。

「でしょう？　理久はかっこいいんです。だって大学時代、モデルのバイトしてたんですよ。メンアンとかにも載ってた人気モデルだったんです」

「モデル？　本当に？　それ、初耳だけど、すごいな……」

メンズアンといえば、若い男性に人気のファッション誌だ。

「理久ね、本当はそのままモデル業界に残っても、いくらでも仕事はあったんだけど、大学卒業後はお父さんの製薬会社に無理やり入らされたんです」

「でも確か、理久の大学時代の学部は薬学部だったよな？」

「はい。そうです」

「本当は工学部に進みたかったって本人から聞いたけれど、それでも薬学部から製薬会社に就職するのは至極妥当な気がするけれどな」

ふと頭上をなにかが飛んでいって目で追うと、別荘のウッドデッキに、飛来したカモメが羽を休めて止まる。

まるで、お洒落な絵はがきみたいだった。

「理久のお父さん、大学を卒業するまでは自由にしていいって言ってたそうですが、入社後は……理久を将来的には経営の中核を担う人材に育てたいみたいで」

ふ～ん。お坊ちゃんも、いろいろ大変そうだな…と矢尋は気の毒になった。

「あのさ、なら俺も聞くけれど……智はさ、理久が俺と寝てもいいの？」

「え？　それは……あの…」

とっさに智は、とてもわかりにくい複雑な表情を浮かべた。

嫉妬でもなく困惑でもなく、なにか気まずいことを隠しているような、そういう顔。

矢尋は相手の表情から心情を読み取るのがとても上手い。

それは保育士ならではの特技で、まだ上手に言葉を操れない園児を相手にしているから自然と身についた。

だがその矢尋をもってしても、読みにくい表情だった。

「お～い矢尋、智。そろそろこっちに来いよ。俺が教えてやる」

不意に毅士に呼ばれたのを機に、二人はデッキチェアーから腰をあげて岸辺に歩いていく。

「矢尋、ボードセーリングはなかなか面白いぞ」

毅士の髪から、しずくが光をまとって海面にパタパタと落ちる。

「みたいだな。相変わらず毅士は、なんでも上達するのが早い」

サンダルを履いた足にも波が打ち寄せ、足首あたりで水音が弾けた。

「だろう？　もう向こうに見える小さな島をまわって戻ってこられる自信あるぞ」

視線の先には、綺麗な環礁に囲まれた島が見える。

「あのさ、あれって無人島なのかな？　あそこも理久のオヤジさんの所有地？」

毅士の背後からゆったりと岸にあがってくる理久に、矢尋は視線を合わせた。

濡れた裸体の吸引力は半端なくて、盛りあがった逞しい胸板に視線が釘づけになる。

「はい。あの島…ヘブン島も父の所有ですが、誰も住んでいません。だから手つかずの自然がそのまま残っていて、特に島の周囲は綺麗なラグーンになっているんですよ。ただ、あのあたりは潮の流れが速いのでちょっと危険です」

理久が少し顔をあげて濡れた前髪を掻《か》きあげると、今度は薄い皮膚の下で筋肉が動いて上腕二頭筋が盛りあがった。

見事な隆起に見とれていると、反らされた喉元までもが誘っているように見えて、思わず唇を舐める。

「あの……矢尋さん？　俺の話、聞いてます？」

「あ！　わ、ごめん。えと、ならさ……一度、行ってみたいな。その、ヘブン島には、上陸できるんだろう？」

欲を帯びた物欲しげな視線を悟られたかと気になったが、理久から島は手つかずの自然が残る貴重な場所だと聞き、とたんにそちらに興味が移った。

「もちろん上陸できますよ。実は島の中央部分には周囲を高い壁に囲まれたクレーターみたいな広い窪地《くぼち》があって、そこにできた潮だまりの内海が本当に綺麗です」

それを聞いて、智も瞳を輝かせて理久の濡れた腕を取った。

「じゃぁさ、今度みんなで行っちゃおうよ。ボートに乗ってね」

「あ～、ごめん智。残念ながら、ヘブン島の内海は高い崖に囲まれていて陸からは入れないんだよ」

「え？　じゃぁ、どうやってそこに行くの？」

二人が見つめ合って親密に話す様子を矢尋は近くで眺めていたが、なんだか妙な不快感が胸にせりあがってきて困る。

「内海に行く唯一の方法は、引き潮になったとき、三メートルほど海に潜って島の海底洞窟に入ってそこを十メートルほど泳ぎきるんだ。そうすれば崖の内側に行ける」

「わぁ～、すごいね。ちょっとした冒険だ！　でも、その内海をぜひ見てみたいなぁ」

内海にはめずらしい熱帯魚が泳いでいて、透明度の高い海水と紅珊瑚がとても美しいらしい。

「理久はさ、そこに行ったことあるの？」

「あぁ。何度も父に連れていってもらったから。ただ引き潮のときしか行けないし、潜水に自信がなければ危険が伴う。海底の洞窟は人が一人通るのがやっとの狭い穴だから、ボンベを背負っては通れないし……だから素潜りで一分半は潜れないと命の危険があるんだ」

「え～、なにそれ！　じゃぁ、僕には絶対無理じゃん」

結局、水泳が苦手な智が辞退して、三人で日を改めてヘブン島の内海に行くことになった。


その夜、毅士の独断で部屋割りが決められて、矢尋はいきなり理久と二人で同室にされた。来客用の寝室は別荘の二階部分に十室ほどあるのに、あえて二部屋だけを使用し、そこをペアで使うらしい。

まぁ、今回の旅行の趣旨がスワッピングだと考えれば妥当な部屋割りなのだろうが、精神面の整理はまだついていていない。

「じゃぁな矢尋。お互い愉《たの》しもう！」

そんな軽薄な台詞を残し、智の肩を抱いて南側の部屋に消えていく二人を矢尋は難しい顔で見送った。

「矢尋さん、俺たちも行きましょうか」

「え？　あぁ…うん」

　別に毅士が誰かと浮気をするのは今に始まったことではないけれど、こう目の前で堂々と他の誰かとセックスする彼を見送るのは気分のいいものではない。

「あの、矢尋さん。どうしますか？　もし……気分が悪いなら、俺は別の寝室で寝てもいいんですよ？」

　理久が微妙に気を遣った表情を浮かべながら、レトロな形状の鍵を目の前にかざした。こんなタイミングで配慮をされると、よけい情けなくなってくる。

「別に……俺はおまえと一緒の部屋でいい」

長い指先から鍵を強気に奪い取ると、矢尋は自らリードするように先に立って歩いていく。

二人の部屋は毅士たちとは反対側の角部屋で、足を踏みならして歩く廊下が、矢尋にはやけに長く感じられたが…。

　ふと、背後でクスクス笑う気配がして、なにか文句でもあるのかと振り返ろうとしたが、そのとき背中になんとなく熱を感じた。

　それは背後の理久からの強い視線。

　特にうなじあたりがジリジリ熱くなる気がして、ドアの前まで来ると眉をひそめて盛大に振り返った。

「なんで見るんだよ。俺のうなじ！」

至近距離で向かい合うと理久は想像以上に長身で、見あげないといけないのが少し悔しい。

「え？　あ〜っと、どうしてその、俺が見ていたこと……バレてるんです？」

そんなの、カマをかけたに決まっている。

「おまえっ。やっぱり見てたんだ！」

「え？　なんですかそれ、引っかけ？　ひどいなぁ矢尋さん。別に変な意味じゃなく、首筋が少し陽に灼《や》けてるなぁって見てただけですよ」

先ほど感じた熱は錯覚だったのか、目の前で微笑《ほほえ》む彼は日焼けした肌に白い歯が健康的で健全で、なんだかいやになる。

まるで、自分だけが相手を意識しているみたいで急に恥ずかしくなった。

「嘘ばっかり。理久の嘘つき」

唇を尖《とが》らせてそう愚痴ると彼は声を立てて笑い、矢尋はなんだか釈然としないままドアに向き直る。

いらいらと鍵を穴に差し込んで急いでまわそうとするが、気持ちの乱れが表れているのか上手くまわってくれない。

「あ〜、待って矢尋さん。うちの別荘は歴史があるんですよ。だからコツがあってね」

そう言った理久は、矢尋の背中に重なるように密着してきて、ドクンと心臓が跳れた。

「っ……」

そのまま右肩側から長い腕が伸びてきて、鍵を持つ矢尋の右手に大きな掌が重なってくる。

同時に、整った顔が左の肩口から鍵をのぞき込んできて、まるで背中から抱き締められているような体勢になった。

「なっ、なに？　俺はコツなんて知らなくていいよ。理久が開けてくれたらいいだろ！」

急に頬が赤くなって、あわてて空いている左側から逃げだそうとすると、寸前に察知した左手が矢尋の身体をホールドするように壁に添えられる。

「ダメですよ。だって矢尋さんも鍵を開けられないと、この先、部屋に入れなくて困るでしょう？」

言い返す言葉を探っていると、あっけなく鍵がまわってカチンという乾いた音がした。

「開きましたよ。どうぞ」

急にドアが開いて前に空間ができても矢尋の足は動かなかった。

笑いながら首を傾げた理久に逆に手を引かれて足を前に進める。

室内は寝室と呼ぶにはもったいないほど広く、手前にはゆったりとしたシックな色のソファーが置かれていて、そのずいぶん奥にセミダブルのベッドが二つ並んでいる。

もちろんトイレもあるし、広いバスルームも室内にある。

壁にはワインボードが置かれていて、部屋の装飾を損ねないウッド調の小型冷蔵庫までそろっていた。

「ほら、こっちに来てください。ここから見える景色は最高なんですよ。特に星が綺麗なんです」

部屋の海側は全面がテラスになっているらしく、窓際まで手を引かれた矢尋は、そのままウッドデッキのテラスに連れだされた。

「前に、見たいって言ってましたよね？」

すぐに、なんのことだかピンときた。

「見えるのか！」

「ええ。今なら時間的に見えますよ。方角は……わかるでしょう？」

矢尋は方角を確かめ、頭の中の天球儀をまわすと、見上げた空にそれを重ね合わせる。

ケンタウルス座の一等星の少し西側。

にぎやかな星団の中でもすぐに位置がわかった。

「見つけた！　南十字星」

「ふふ。さすがだな。早いです」

初めて目にする南十字星は、北半球にある日本列島からは見ることのできない星。

多くの天文マニアが、一度は肉眼で見たい星として挙げているのが南十字星だった。

「なんか……」

「感動、しましたか？」

「うん」

「それはよかった」

天高く瞬く星々と、それを映した南国の海。

聞こえるのは岸に打ち寄せる波の囁《ささや》きだけ。

星降るウッドテラスから夢中で天空を見あげていた矢尋だったが、実はそんな自分の横顔をずっと見られていることにも気づいていた。

これほど遠慮のない視線を注がれるのは、もう不快を通り越していっそ心地いい。

「こんな高い位置に見えるんだな。それに、ミルキーウェイも肉眼ではっきり見えて…すごく贅沢《ぜいたく》だ」

都会から離れたこの南国の楽園は、彼らの頭上にあまたの星を輝かせている。

降るような星というのは、本当にあるのだと知った。

他にも、日本なら肉眼では到底見ることのできないような星雲や小銀河に矢尋は心を躍らせていたが、ふと寒気を覚えたとたん、くしゃみをしてしまう。

「わ！　あの……矢尋さん、ここは夜になると意外と風が冷たいんです。よかったら、中で少し飲み直しませんか？」

「ん……いいよ。できればシャンパンがいいな」

「わかりました。すぐに用意しますから、座っててくださいね」

「さんきゅ」

麻で織られたサラリとした布が肌に心地いいソファーにゆったり座っていると、理久が冷蔵庫から綺麗なブルーのシャンパンを運んでくる。

グラスに注《つ》いで、なんとなく乾杯をして口にした。

炭酸の効いたそれは、すっきりとした味わいでこの南国の気候に合っていると思った。

「そう言えば矢尋さん、その後の俺の仕事のこと、よかったら聞いて欲しいんですけれど」

穏やかな表情で切り出した理久を見て、それが朗報だということはすぐにわかる。

「確か、薬品の新規事業計画を練ってるんだっけ？　来月、プレゼンするんだったよな？」

新薬の開発を担うのはもちろん研究部門だが、理久が籍を置く企画部では現状を把握し、どういった薬が世間でニーズがあるのかを調査して企画案をまとめる。

それを元に、研究部門が実際に必要とされる薬品の開発を進めていくらしい。

「今、いくつか案件の候補は考えているんですが、まだ納得できない部分があって一つに絞りきれていないんです。だからもう少し市場調査しないといけないと思っています」

「ふぅん。熱心なのはいいことだけど、そんな悠長なこと言ってて時間はあるのか？」

「ええ……でも初めて本社の企画会議でプレゼンするから、いい加減な案で進めたくはないんです。本当に今、必要とされているのがどんな薬品なのかを知りたいんです」

「そっか。それにしても理久は変わったよな。仕事の話も楽しそうにしているよ」

今の理久は以前、父の七光りと揶揄《やゆ》され、反抗心から半端な仕事をしていた彼ではない。

「それは、気づきませんでした。でも、実は最近、終業後の飲み会に誘われるようになりました！」

「へぇ、よかったじゃないか。それは理久が変わろうとして素直に努力しているからだな」

「……そうだと嬉しい。でも、やっぱり矢尋さんのお陰です。父に反発して人の言葉なんて聞く耳持たなかった俺が、あなたの叱咤《しった》で変わろうと思えたんですから」

元々は素直な人格の彼だから、本人の意識が変われば周囲に受け入れられることは、さほど難しくはなかったのだろう。

「そっか。ならよかった」

少し前、仕事の話をするとき、理久は普段とは別人のようなこわばった顔をしていた。

最初に会った夜の辛そうな様子を思い出し、矢尋はようやく安堵した。

だが、それはいいとして。

「あのさ……」

なんとなく居心地悪そうに、矢尋が窓の外に目をやった。

さっきから、とにかく気になって仕方がない。

「その、なんでそんなに俺のこと……見るの？　今度はさっきみたいに嘘つくなよ。今もずっと見てるだろう？」

先刻、廊下で背中に感じた視線は妄想だったかもしれないが、今度は違う。

だが理久は少し決まり悪そうに苦笑したあと、今度は堂々と腕を組んだ。

開き直る気だろうか？

「わかりました。確かに廊下でも今も、あなたをずっと見ていましたよ。でも俺も言いますけれど、先に俺を見てきたのは矢尋さんでしょう？」

「え？　いつだよそれ」

そんなの知らないって。

「今日の昼間、別荘前のビーチで海からあがってきたとき、俺を見てたでしょう？　あの視線、かなりヤバかったです」

うわ。気づかれていたのか。

ボードセーリングを終えた理久が、波打ち際に戻ってきたときだ。

海水の伝う逞しい身体に目を奪われ、確かに不躾《ぶしつけ》な視線を注いでしまった覚えはあるけれど。

「そ……っ、そうだよ。おまえの言う通り、理久を見てたよ」

今さら言い逃れできそうもない。

「だったら逆に訊きますが、なんで俺を見てたんです？」

「……別に、濡れてるからちょっと見てただけ」

「嘘。本当は？　ちゃんと言ってください」

どうしても言わせたいらしい彼は、なんだかやけに強気だ。

「だっておまえの身体、なんか……やらしいんだもん。それに髪から落ちたしずくが、理久のその……立体的な胸板の上を伝い落ちる様子がさ……すごく……エロかったから」

正直に白状した俺の手からシャンパングラスが奪われ、テーブルの上に戻される。

「俺の身体、やらしかったんですね？　それって、矢尋さんの好みだったってこと？」

もういっそ、自分も理久みたいに開き直ってやる。

「智に聞いたけど、おまえ、大学時代にメンアンのモデルしてたんだってな？　あんなバランスのいい身体を見せられて、好みじゃないなんていう奴はいないよ。女子なんか一発で落とせるって」

「今、女子なんてどうでもいい。近づいてくる着飾った連中は、誰一人俺自身を見ていなかったんだから……知りたいのはあなたのこと。ねぇ、矢尋さんは？　俺の身体、好みですか？」

見つめてくる視線の威力が半端なくて、目線を合わせられない。

どうしてそんな意味深な視線で見て、俺を喜ばせるようなことを言うんだよ。

「……ちょっとだけ、好み……かな？」

この開放的な南国の雰囲気に流されるのは安易すぎると思うのに、自分が実際どうなるかわからなかった。

「嘘」

不意に強く腰を引き寄せられ、そのままソファーの座面にやんわりと押し倒される。

「ぁ」

ぐるりと視界がまわって、乱暴な仕草じゃないのにめまいがしそうになった。

硬い筋肉をまとった肉体に押しつぶされた肺が呼吸困難を訴えて浅く喘《あえ》ぐと、鼻のてっぺんが触れるくらいの位置で囁かれる。

「お願い矢尋さん。正直に言ってください」

真摯《しんし》なのに湿った色っぽい声にほだされ、一気に皮膚の温度が上昇するが、理久の身体も同じくらい熱っぽかった。

両手首を頭上で交差する形に押さえられていたが、理久の掌は細い手首から徐々に、腕の内側をなぞるように這い下りてくる。

皮膚がピリピリ甘い痛みを訴え、腰が重くなるのを知られそうで怖かった。

「さぁ、矢尋さん言って」

唇が頬に触れると、ゾクッと脇腹から背骨あたりに電気が走って、たまらず過呼吸みたいに何度も息を吸った。

「い、言うから。触るなって。だから、その……理久の身体は、俺の好みだった。すごく」

「ふふ。よかった」

強引に引き出した答えに満足した理久に、ふわりと優しい笑みを与えられて矢尋の鼓動がさらに跳ねる。

端整な顔が次々と表情を変える様子に、どうしても見惚《みと》れてしまう。

「なぁ、頼むから理久。もういいだろう？　正直に話したんだから、どいてくれよ」

「まだだめです。ねぇ、俺があなたを見ていたワケも聞きたいでしょう？」

そんなのもうどっちでもよかったが、何度もうなずく。

疼《うず》き始めた腰がとにかくヤバくて、一刻も早く離れて欲しくて泣きそうだった。

「矢尋さんはね、今日一日、陽の下でたっぷり紫外線を浴びても白いままで綺麗です。でも、少しだけ灼けたのかな？　赤くなったほっぺたとか…いろいろ可愛い」

年下の男に可愛いと言われて妙な気分だったが、それよりもどこが日焼けしたか気になる。

「え？　俺、あんまり日焼けしない肌質なんだけど、少しは灼けてるの？　どこ？」

「ほっぺと、あと……ここも」

自分が聞いたのが悪かったが、シャツの襟から綺麗な手が忍び込んできて、肩からうなじまでをゆったりと撫でられた。

「んっ…」

今のはしょうがない。

だって、そんなエロい触り方をされたら声も出ちゃうだろ！

「え？　なに？　どうしました？　日焼けした肌って敏感になるんですか？」

まるで自分の触り方のせいではないと言いたげな顔がムカついて、唇を尖らせる。

「別に敏感になってないよ……ただその…触られたらちょっと痛いんだって。だから……びっくりしただけ」

「ふふ。ごめんなさい。でもさっきより頬が赤くなりましたよ。矢尋さんは、室内でも日焼けするんですね？」

「おまえさぁ、もう年上をからかうなってば！」

このままでは甘やかな雰囲気に流されそうで、矢尋は重い身体を押しのけようとしたが、ビクともしなくて……。

それどころか、眼前で好みの顔がやわらかく微笑み、そのまま優しい触れるだけのキスを落とされる。

どうして？　なぜ？

理久がキスをする理由が知りたい。

いや、それ以上に本人から直接訊きたいことがある。

「なぁ理久、訊いていい？」

「なんですか？」

「おまえさぁ、どうして……その。スワッピングの話を受けんだ？」

理久は綺麗な瞳を何度か瞬《まばた》かせる。

「あ～、そんなこともわかりませんか？　俺はただ、もう一度だけ矢尋さんに会いたかったんです」

毅士からも聞いていたが、それが本当に本心なのだろうか。

理久の表情を読み取ろうとしたが、彼の『会いたかった』に、セックスも含まれているのかはわからなくて……。

このまま釈然としない想いを抱えて、彼と今夜身体を結ぶのはまだ早い気がする。

それになにより、自分が納得できない気がした。

「なぁ理久。あのときもそう言ってくれたよな？　鑑賞イベントの夜。おまえは……俺にまた会いたいって言って、そしてキスしてくれた。どうして？」

さっきの優しいキスとは温度の違う、荒々しい情熱的なキスを唇が覚えている。

「だって、鑑賞イベントの夜は焦ってたんです。矢尋さんに連絡先を教えてもらえなくて、もう二度と会えないかもって思ったら勝手に身体が動いてた。どうしてもあなたを放したくなくて夢中でキスしてました。俺もあんなふうに感情をコントロールできなくなったことは初めてだったから驚きました。でも、怖がらせてしまいましたよね？　すみません」

今さら謝られても困る。

自分はどうすればいいのか、わからなくなるじゃないか。

「理久……今は？　もっと、俺にキスしたいって思うのか？」

「それって、リクエストみたいに聞こえますけど？」

「え？　馬鹿っ、そんなの違うって！」

「もう黙って」

「ぁ……」

再び優しい唇が落ちてきて、ふっくらとした表面を啄《ついば》んだり撫でたりする。

今夜のキスは、すごく優しくて安心する。

「これから数日間、俺の大好きなこのニューカレドニアで矢尋さんと過ごせるなんて、まるで天国にいるみたいに幸せです」

そういうことを言われて、俺はどうすればいいんだよ。

どう解釈するのが正解なんだ？　なぁ理久。

「今みたいなこと、誰にでも言うんだろう？」

「……矢尋さん。こんなこと言っても信じてもらえないかもしれないけれど、俺はね。まだ、ちゃんとした恋愛をしたことがないんだと思います」

信じられない話だが、本当なのだろうか？

訊くのは怖いけれど、やっぱりいろいろと知りたかった。

「なぁ、もし言いたくないなら話さなくてもいいんだけれど。あのな……俺はさ、男しかダメなんだけれど、理久はどう？　女性とつきあったことある？」

その問いに対し、理久が明らかに動揺したのがわかった。

「俺……俺は、あの……女性とは、つきあったことはありますが、長く続かないんです。みんな俺自身じゃなくて、俺のうしろにオヤジの会社を見ている気がするから。そういうのがいやで……今まで一度も相手に踏み込めなかった」

確かに、女性にとっては潮野菓品の御曹司という肩書きは、結婚相手としては申し分ない。

「だから、今までちゃんとした恋愛をしたことがなかった？」

「はい」

理久じゃない誰かに言われたなら信じなかったけれど、彼の言葉に嘘はない気がした。

バックボーンである財産のことや、理久自身のルックスを考えれば充分理解できるから、彼が女性に対して強い警戒心を抱いて生きてきたとしても不自然には感じない。

そのせいで彼がゲイになったのかはわからないが、少なくともそれが原因で誰かを本気で愛することに慎重になっているのだろう。

だとすれば、ゲイであることをどこかで恥じて生きてきた自分も、理久と同じだ。

胸を焦がすような恋なんてできないと半ばあきらめて生きてきたけれど……。

今のこの気持ちの正体はなんなのか、できれば見極めてから前に進みたい。

「なぁ理久、今夜はその……疲れているから、やんなくていい？」

そう訊いた矢尋に対し彼は少し残念そうな表情を浮かべたあと、いいですよと答えた。

今の彼からは穏やかな気配だけを感じるが、激しいキスで自分を翻弄《ほんろう》した荒々しい理久のことも肉体は覚えていて、今も思い出すだけで簡単に熱くなる。

けれど、今夜はいい。

優しさに包まれたまま、ただ一緒に心で寄り添いたい。

「いいですけれど……でも……俺はもう少しだけ矢尋さんと話をしたいから、つきあってくださいね」

「うん。もちろんだよ。なぁ、おかわりちょうだい。今度はワインがいいな」

それから二人は深夜まで共通の話題で盛りあがっていたが、しばらくすると時差のこともあって矢尋が疲れてうとうとし始める。

ソファーの肘掛《ひじか》けに頬をのせたまま目を閉じていたが、やがて小さな寝息を立てていた。

「……矢尋さん？」

理久は愛《いと》しげに目を細めてしばらくその寝顔を見ていたが、やがて彼を軽々と抱きあげ、そのままベッドに運んでいった。

実はそのとき矢尋はまだ少しだけ意識が残っていて、逞しい腕に身を任せながらぼんやりと考える。

強引な彼と優しい彼、どっちが本当の理久なのだろうか？

そして自分は、そんな彼とどうなりたいのか。

もっともっと、理久のことを知りたい。

仲のいい友達になりたいけれど、それとは真逆に本心では理久に抱かれたがって身体が疼いている。

そんなふうに今はまだ己の感情に一貫性がなくて戸惑ってしまうが、理久と一緒にいるのが楽しくて幸せだ思うのは真実だった。

それは、今までつきあった誰にも感じたことのない新鮮で甘やかな感情で……。

下ろされたベッドの冷たくて清潔なシーツの感触が、熱い身体に心地よかった。

「矢尋さん。おやすみなさい」

寝室にベッドは二つあるのに、なぜか理久が同じベッドにすべり込んでくる。

驚いたけれど、あまりに眠くてそのまま意識が遠のいていく。

まだ、気持ちのどこかで歯止めがかかっているけれど、今はあまり考えずに心の欲するままに過ごしてみようと思った。

なにが一番欲しいのかを確かめるためにも、自分自身に素直になろうと。

【4】

二日目。

翌朝、矢尋と理久がリビングに下りていくと、すでに毅士と智がキッチンに立ってサラダを作っていた。

そのとき、二人の間には昨日までにない親密な空気感が漂っていて、矢尋は口の中に苦いものが広がるのを感じる。

嫉妬ではないけれど、それでも釈然としない感情に支配され、朝食の間はとにかく二人を見ないようにしていた。

その後、泳ぎが苦手な智からのリクエストで、今日はドルフィンウォッチングに出かけることになった。

別荘のあるヌメアのビーチスポット、アンスヴァタから車を海沿いに北に走らせ、約一時間ほどで珊瑚礁の美しいテニア島の対岸ビーチに着いた。

浅瀬からゴム製のエンジンボートを船長つきで貸し切り、それに乗ってテニア島周囲の環礁をまわっていると、やがていくつかの黒い背びれが近づいてくる。

テニア島に多く生息する、天然のハシナガイルカだ。

利口で人なつこく、遊ぶのが大好きな彼らは、やがてボートと同じスピードで泳ぎだす。船長がわざとボートを急回転させると大きな波が立って、イルカたちはそれを待っていたのか、浮き立った三角の波頭から勢いよく空に向けてジャンプをする。

キラキラと水しぶきが上がって、何匹かのイルカが競うように高く跳んだ。

それはさながら水族館で見るイルカショーのようで、四人は歓声をあげながら楽しんだ。

昼は純白の砂浜で、シーフードたっぷりのパスタとサラダでランチをし、そのあとは思い思いの景色を楽しもうと、絶景ポイントにデッキチェアーを置いてゆったりと過ごす。

矢尋は理久と一緒にフィンだけをつけてシュノーケリングをしたが、岸から少しだけ沖に泳ぐと、美しい珊瑚礁とトロピカルカラーの魚たちを鑑賞できた。

まるで水族館の水槽の中にいるような錯覚に浸れるほど、本当に天国のような美しさだった。

今日一日、海で一緒に過ごしてみてわかったことがある。

理久は落ち着いた容姿に似合わず少年みたいな面が多々あって、好奇心も旺盛で冒険好き。

さすがに、子供の頃から夏休みをニューカレドニアで過ごしていただけはある。

ボンベをつけないシュノーケリングなのに平気で十メートルほど潜っては、いたずらに大きなエビや貝を海底から持ってきて矢尋を驚かせたりした。

そのあと、滅多に見られないというめずらしいマンボウに出会い、そのあまりの愛らしさにめろめろになってしまった矢尋は、防水カメラでたくさん写真を撮った。

知れば知るほど、一緒に過ごすほどに理久は矢尋と気が合うことがわかり、いけないとわかっていても惹かれる気持ちを止められなかった。


夜になって、四人はヌメア市街地のレストランで夕食を楽しんだあと、有名なショットバーに入った。

そこは欧米に多いワンドリンクごとに料金を払うシステムの店で、好きなタイミングでカウンターで酒をオーダーする。

すでに何杯か飲んだあと、別のカクテルをオーダーしようと矢尋と智がテーブルを離れていたときだった。

バーテンがシェイカーを振っているのを待っていると、先ほど自分たちがいた席に日本人女性と思われる二人組が近づいていって、理久に声をかけているのが見えた。

「あの、もしかしてあなた……メンアンモデルのＲＩＫＵでしょう？」

比較的、席からカウンターまでの距離が近かったせいで女性の声が聞こえる。

そのうち彼女たちはそのまま矢尋と智の席に座ってしまい、熱心に二人と話し始めた。

まんざらでもない様子の毅士は毎度のことで、理久は戸惑い気味にこちらの様子をうかがっていたが、なんだか面白くない矢尋はわざと目を逸らせた。

「ほんとに見境ないな」

智はというと、苦笑して肩をすくめてみせる。

「はぁ～、毅士さんは、やっぱり女性にもモテますよね。ライバルだらけだなぁ」

「あいつはバイだから、男も女も来る者拒まずなんだよ。だけど、理久もどっちもいけるんだろう？」

本人も昨夜《ゆうべ》、女性とつきあったことはあるが長続きしないと言っていた。

「え？　理久がですか？　えと……あ！　はい。理久も、女性もいけるんです」

いつもは明朗な口ぶりの智が、なんだかあわてて言葉を濁したような気がしたが、そこには嫉妬が含まれているのかもしれないと思った。

「でも理久は……これまで、ちゃんとしたつきあいはなかったんだろう？」

「えぇ。理久の肩書きに惹かれて寄ってくるのは、容姿に自信がある美人ばかりだったけれど、でも中には本当に理久自身を好きになってくれた女の子もいたと思うんです。でも、理久は多くの欲深い連中を警戒していたせいで、誰とも本気でつきあわなかったんです」

いわゆる女性不信が原因で理久が男に走ったのか、彼が本来ゲイだったから女性と本気で交際できなかったのかは不明だが、後者の理由の方だと矢尋にとってはありがたい。

「でも困ったなぁ。なんだかテーブルに戻れない雰囲気になってる。つまんない」

親密に女子と話し込む毅士を見て明らかに憮然《ぶぜん》とする智を、素直で若いなぁと思う矢尋だったが、理久は淡々と相づちだけを打ちながら時折、こちらを気にしていた。

自分たちが戻れば彼女たちはいなくなるかもしれないが、毅士の態度におそらく無意識に腹が立っていたせいか、先に別荘に戻ろうと矢尋は決めた。

毅士の行動を過去にさかのぼって考えてみても、今夜は部屋に戻ってこない確率が高い。それに智の嫉妬にまみれた表情を見ていたら、このまま毅士に詰め寄りかねない。

理久のことだけは少し気になったが、彼なら毅士と女性たちを残してあとで必ず別荘に帰ってくるだろうと妙な確信があった。

「毅士の馬鹿ぁ～」

カウンターで、智はすでにカクテルのおかわりを何度もしていて、完全に悪酔いしている。

「ちょ、智。声、大きいって」

矢尋は智の手を摑んでバーを出た。


別荘に戻ってくると、毅士と智の寝室がある部屋に智を送り届け、そのまま部屋を出ようとした矢尋だったが全力で引き留められた。

「やだよ矢尋さん。一人にしないでぇ～！」

酔っぱらいが寂しがり屋なのは、世の中の定番らしい。

仕方なくソファーに並んで腰を下ろすと、二つ用意したグラスにジンジャエールを注ぎながら、まだ拗ねている智を取りなす。

「そう怒るなって。毅士はいつもあんな感じだよ。来る者拒まずで浮気っぽいけど、それがあいつだから仕方ないんだ。智も毅士の才能に惚れているんなら、あまり深く考えたら辛いだけだぞ」

「わかってます。でも、なんか悔しいし腹が立つだけです。実は僕……店を出たら毅士さんが追いかけてきてくれるかもしれないって、少し期待してたから」

「わかるよ。その気持ちはさ」

「あ〜、もう別にいいや！　今夜は二人で仲良くしましょう矢尋さん。それで、毅士にもヤキモチを妬《や》かせてやる」

「あはは。わかるけど、そういうこと考えない方がいいって。マジで毅士を怒らせたら別の意味で怖いから。あいつ本当に変態だし」

「そんなの望むところです。あとで謝ってきても返り討ちにしてやりますから！」

「そりゃあ頼もしいけどな」

「実はね、矢尋さん。ここだけの話………僕、タチもいけるんです」

「は！　え？　……嘘っ！」

密やかに耳打ちされた告白に目を剝《む》いた。

「ふふふ」

あまりに狼狽《ろうばい》したせいか、ジンジャエールを噴きそうになって笑われた。

だって智は、こんなに可愛い外見をしているのに……タチだって？

意識したことはなかったけれど、よく見ると確かに背は高いしスタイルもいい。

ひどく意外だったが、ここで悪酔いしている智と妙な雰囲気になっても困るので、矢尋はひたすら他の話題を振って話を続けた。

「ところで…あの、矢尋さんたちは昨日、したんですか？」

雑談がとぎれたタイミングで、いきなり前振りもなく智に切り込まれ、矢尋はグラスを落としそうになる。

「え？　あ！　ぁ〜いや……俺らはその、まだ……だけど」

「そうですか。でも、ごめんなさい。僕たちは……しました」

「へぇ……」

彼の告白に対し、どういう顔をしていいのかわからないけれど、正直あまり気分はよくなかった。

「毅士さんのセックスはテクがすごかったなぁ。強引で執拗《しつよう》で、ちょっとSなところも最高でした」

不快なのは目の前の智の発言のせいなのか、現在進行形で女とよろしくやっているであろう毅士のせいなのかは不明だが…。

「……あいつさ、変態プレイとか、させなかったか？」

「え？　いいえ、ちょっと強引だったけれど、別に普通でしたよ？」

「そっか…ならよかった。でも気をつけろよ。毅士はこの前、今回の旅行に変な玩具を持参するって言ってたからな。あと、もちろん合法だけど媚薬《びやく》とかも持ってるんだ……やってるとき、俺のノリが悪いと無理やりそういうのを飲まされるときもある」

「へぇ！　それってハイになるやつでしょう？　あ〜残念。そういうの、僕は楽しみだったのになぁ」

頬をふくらませる智はお気楽そうで、こんなに楽天的だと人生楽しいだろうなと可愛く思えた。

彼は本当に毅士のことが好きみたいだから、きっと無茶をされても嬉しいのだろう。

そう考えれば、きっと毅士は智みたいな相手とつきあった方が、自分といるより幸せなのは間違いない。

そして、もし毅士と智がまとまったなら、自分は理久と……どうにかなれる？

脳内でそこまで都合よく話が展開したのち、矢尋は己の醜さに嫌悪してぶるっと首を横に振った。

ダメだダメだ！　俺ってマジ最低。

「智ごめん、ちょっとシャワー使ってくるな」

自分も悪酔いしていると感じた矢尋が、酔いを醒ますために一人でシャワーを使っていると、いきなりドアが開いて裸になった智がバスルームに入ってきた。

「え？　なに？　どうした？」

ふと彼を見ると、彼はその手に恐ろしいものを握っている。

どうやら智は毅士の荷物を物色したようで、妙な形状の、いわゆるバイブレーターを手にしていて、これで遊びましょうと陽気に誘ってきた。

「おまえ！　そういうの勝手に持ち出したらダメだって。毅士は絶対怒るぞ」

正直、何度かバイブを使われたことはあったが、こんな妙な形のものは初めて見た。

簡単に説明すると、普通の男根を象《かたど》った二本のバイブを根元同士でくっつけた形状をしている。

巻かれたコードの先端には、動きや強度を調節するリモコンがついていた。

複数プレイでこれをどういうふうに使うのかは、なんとなく想像がつく。

「別に怒られたっていいんですよ。どうせ今夜二人は帰ってこないかもしれないし、毅士さんに妬かせてやるんだ！　だから僕ら二人だけでとことん愉しみましょうよ。ね、矢尋さん」

そう言った智は湯気でけぶる浴室内に踏み込んで小物棚にバイブを置くと、矢尋に抱きついてきて素早く口づけた。

「ぁっ！」

急展開に驚きすぎて声を発すると、そのタイミングで舌が進入し、いきなり口内に甘い液体が送り込まれてくる。

「ん～っ。ぅぅ！」

口を閉じようとしたが智の舌を嚙み切るわけにもいかず、仕方なく甘い液体と一緒になにか固形の粒を舌の奥で受け入れた。

気がついたときにはもう嚥下《えんか》してしまったが、その硬い粒が食道を落ちていく違和感にハッとした。

「ふふ。僕も飲んじゃいました。毅士さんのバッグにあった薬。これって、きっとハイになる媚薬的なものでしょう？」

楽観的な智に対し青ざめる矢尋は、怒らせたときの毅士の無茶ぶりをよく知っている。

それでも、シャワールームの壁に押しつけられて熱の籠《こも》った口づけを繰り返されると、酔いも手伝って頭の中に霞《かすみ》がかかったようになってきた。

「矢尋さんの肌、スベスベで手触りがいいんですね。乳首もピンクで可愛いし」

「ちょっ……あ、智っ……触んな！　っ……ぅ」

正直、ここ最近の矢尋はこのバカンスのために少し無理なシフトで仕事をしていたせいで、毅士とも会えずにいた。

一人で抜く暇もなかったわけで、そうなると男の身体というものは非常に不便で、節操さえなくなってしまう。

抵抗が弱くなると性器の剝きだしになった腰を智に押しつけられ、思わず喘ぎが漏れた。

「ぁう……ぁ、っ……」

鈴口からあふれる蜜《みつ》にまみれた雄茎を互いにこすり合わせるように腰を蠢《うごめ》かせていると、ぬめった指先が腰から尻の谷にゆったりと落ちてくる。

「ねぇ矢尋さん。中、僕がほぐしてあげるから、このバイブで一緒に気持ちよくなりましょうよ」

耳元で囁かれる声に抵抗を封じられてしまうのは、もしかしたら媚薬のせいだろうか。

「ぁ！　智、だめだっ」

いつの間に用意していたのか、ローションに濡れた指先が小さな窄《すぼ》まりを見つけた。

周囲を円を描くように湿らせたあと、いきなり二本の指が中に埋まってくる。

「んぁぁ」

「矢尋さん、可愛い。ねぇ、僕のもしてよぉ。ほら、手を出して」

甘い声でねだる智に誘われて従うと、差し出した掌にたっぷりとローションが垂らされた。

「お願い。僕の中もやわらかくして。そのあと、一緒に愉しもうよぉ」

こんなこと、普段の自分ならありえなかった。

全身が薬のせいで不自然なほど熱くなって呼吸が速くなり、もう脳内はさっき見た両頭のバイブに貫かれることしか考えられなくなっている。

ねだられた矢尋も智の尻に手をまわし、双丘を掻き分けて小さな孔《あな》を見つけた。

注意深く、そこに濡れた指を挿入していく。

正直、矢尋はネコ専だから他人のこんなところに触れたのは初めてだった。

同じ立場だからこそ、どこがいいのかがわかって、すぐに性感帯を見つけてこすってやる。

「あんっ……矢尋さん。そこ…もっと、こすってよぉ。でも……もう少し、奥がいいのぉ」

要求に応《こた》えようとしたときだった。

いきなり恐ろしい力で腕を引っ張られ、智から引き離された。

「あっ！　な…にっ？」

媚薬のせいで足が萎《な》えて浴室のタイルにへたり込むと、扉のところに腕を組んだ毅士と、その奥に呆然《ぼうぜん》とする理久が見えた。

肺に籠った熱い息を吐きながら見あげると、完全に怒気をまとった毅士が皮肉に笑う。

ぞっとした。

「よぉ、なんだよ矢尋。ネコ同士で、ずいぶんお愉しみじゃないか？　俺らを放って帰っておいて、二人だけで遊ぼうなんて馬鹿にされたもんだ。なぁ理久？」

こんなふしだらな姿を理久に見られたことがたまらなく恥ずかしくて、矢尋は前を隠すように足を立ててうつむく。

「なぁ智。この双頭《そうとう》バイブ、どっから持ってきたんだ？　矢尋はこんな勝手なことはしないから、おまえだろう？　断りもなく俺のバッグを物色した輩《やから》にはお仕置きしないとなぁ」

壁にもたれるようにして、なんとか立っている状態の智。

毅士はその手を摑み、浴室から引っ張り出そうとしたが、そこで智の口から信じられない言葉が吐き出された。

「聞いて毅士。これは……違うんだよぉ。だってさ、矢尋さんが言ったんだよ。毅士たちは今夜、さっきの女の子たちと一緒に夜を過ごすから、俺たちは先に帰ろうって」

ちょっと待て智！

確かにそういうことは言ったけれど、ここでそれをバラすのか？

「ふ～ん、矢尋がそんなことを言ったのか。俺もまったく信用されてなくて悲しい。だけど考えてもみろよ。こんな可愛い子猫が二匹もいるのに、女と遊ぶわけないだろう？　でもまぁいい。せっかくおまえらで盛りあがってたんだから、二人が遊ぶのを手伝ってやる」

「毅士、待って。これは……違うんだ」

必死に言い訳しようとする矢尋だったが、完全にドSモードに突入した毅士は聞く耳を持たない。

その手には、恐ろしい形状の双頭バイブが握られていた。

「別に言い訳なんかしなくていいさ。よく考えりゃ、これはスワッピング旅行なんだから、いろいろな組み合わせを愉しまないと」

なにかを企《たくら》む悪い顔で毅士が笑い、二人を浴室から引きずり出した。


「ぁぁっ……だめ、だめっ……智。動かないで」

興奮した智が腰を前後に揺するたび、同じリズムでバイブが抽送されて矢尋は悲鳴をあげる。


逃げようにも、智と繋がれた体勢ではどうにもできなかった。

獣のように這わされ、中を異物に犯され続けてすでに三十分は経過していた。

二人は今、四つん這いで尻を向け合うような体勢で、革のガーターベルトで繋がれている。

だが二人を繋いでいるのは、そのベルトだけではなかった。

先ほど智が手にしていた、両側に男根を象った形状の双頭バイブが二人の孔を深々と穿っていて、苦しそうに喘ぐ二匹の猫は逃れることができないでいる。

二人の腰には黒いガーターベルトが巻かれていて、腰の両サイドに留め金のついた二本の革ベルトが垂れている。

そのベルトは本来ストッキングを留めるためのものだが、今は全裸の猫二匹を繋ぐ役割を担っていた。

　だからどれだけ矢尋が逃れようともがいても、繋がれている互いのベルトがピンと張るだけで、結局は引き戻されて深く穿たれ、ゆるやかに絞られた喉から断片的な悲鳴が放たれる。

「よぉ矢尋、ずいぶん気持ちよさそうだな。どうだ？　可愛い猫同士、こうやって双頭バイブで遊びたかったんだよな？」

　すっかり汗と涙にまみれた矢尋の顔を、毅士は掌で強引に引きあげて訊いた。

「違っ。毅士……やめて、こんなの……っぁあ、だめぇ、智。そんな突かないで。お願いっ……やぁぁ！」

　屈辱的な体勢を強いられて、最初は感じまいと必死で我慢していたが、やがて身体が芯から発熱し、今はどこを触れられても跳ねるほど肌が敏感になっている。

「智、おまえはどうだ？　少しは反省したのか？」

　毅士は今度は智の方に移動して顔の前に跪《ひざまず》くと、さっきから散々嬲《なぶ》った乳首を再びひねった。

「やぁぁん。反省…してるから許してよぉ。んぅぅ…乳首、取れちゃうからぁ……あぅん」

　乳頭を弄《いじ》り倒す指から逃げたくて智が背後に下がると、当然、尻も後退して、二人を繋ぐ双頭バイブが互いの粘膜を深々と刮《こそ》ぐ。

「やああぁっ。智。だめっ……だめ、うしろに下がらないで。そんな、奥は…ぁぁぁぁ」

中で激しく回転したり伸縮する双頭バイブに内壁の隅々までをも犯され、脳裏で白い光が弾けて視界が真っ白になる。

殺士はいたずらにバイブの振動をリモコンで上げたり下げたりし、さらにはうねる動きや跳ね踊るような激しい動きというように、変化をさせて愉しんでいる。

そのたび、二人は目を見開いて泣きじゃくりながらよだれを垂らし、床に爪を立てて喘ぎ狂った。

すでにリビングの床は蜜をこぼしたようにしとどに濡れていたが、それは二人を繋ぐバイブに塗られたジェルと、勃起《ぼっき》した二本の雄茎の先端からしたたる先走りの蜜汁。

そして二人が双頭バイブに犯されながら、何度かイかされた証《あかし》となる白濁だった。

「あぁ、お願い…殺士。もう許して。苦しいんだ。バイブ、抜いて……あぁ。あぁぁ」

「どうした矢尋。媚薬でラリってんのか？　今夜はずいぶん感度がいいな。あとで俺がたっぷり可愛がってやるから、もう少しオモチャで俺たちの目を愉しませてもらおうか」

「あ……ぁぁ、なにを…すれば…」

「二人とも、タイミングを合わせて同時に腰を打ちつけてみろ」

「っ…え……どういう…っ…意味？」

「二人の尻の間にバイブの根元が見えなくなるくらい、深く咥《くわ》え込むんだ。さぁ、タイミングを合わせないと難しいぞ。やれよ」

そんなことできないと矢尋が泣きを入れても許されず、智の方が先に腰を大きく律動させ始める。

「あぅ！　っ……急に、智…そんな。だめ…だめっ。ぁぁ……深っ」

グラインドする動きに加え、毅士がバイブの強度を最強にしたことで一気に昇天しそうになるが、矢尋はなんとか歯を食いしばって耐える。

「ほら矢尋。智とちゃんとタイミングを合わせて動かないと、バイブが見えなくならないぜ。ほら。可愛い子猫ちゃん同士で息を合わせろ」

気が狂いそうな絶頂感に歯を食いしばりながら、矢尋はまるで飼い慣らされた犬のように飼い主の命令に従う。

智が突き込んでくるタイミングで、自分も同じように背後に腰を突き出すと、ついにパチンと高い音がして二つの尻がぶつかった。

「ひぁぁ。やぁ…ぅふ…ぅ」

「やぁん。矢尋さん、気持ちぃぃ、いぃよぉ」

その先、二匹の猫はまるで盛《さか》りがついたように互いの尻たぶをぶつけ合い、そうなると当然双頭バイブは最奥を抉《えぐ》り倒した。

「さぁ、一緒にイけ！」

呼吸さえままならず、二人は全身を大きく痙攣《けいれん》させながらほぼ同時に絶頂に達した。

すでにびしょ濡れの床に、温度を持った粘液が数度に分けて飛散した。

「ふふ……なかなかいい眺めだったぜ、二人とも」

毅士の甘い声が響くと、智は四つん這いに這わされた屈辱的な体勢のまま、縋るように飼い主を見あげる。

「どうした智。もう懲りたか？　二度と悪さしないと誓うか？」

ガクガクとただ頭を上下に振りたくって許しを乞う智のうしろ髪を、毅士は乱暴に摑んで顔をあげさせる。

「あぅっ！」

「いい子だ。なら、今回だけは許してやる。ほら……二人とも尻を高くあげろ。オモチャを抜いてやる」

甘い責め苦を延々と味わわされたあと、二人はようやく毅士の許しを得て双頭バイブから解放された。

秘孔を深く貫いていた芯が抜け落ちると、濡れた裸体はそのままぐったり床に転がる。

横たわる二匹の猫の傍に立っている毅士は、少し離れたところで唖然《あぜん》と二人の痴態を凝視している理久を振り返って尋ねた。

「なぁ理久。おまえ…昨夜、矢尋を抱いたか」

だが、理久は呆然とただ呼吸を荒くしているだけで……。

「理久？　………おい、どうした理久。聞いてるか？　昨夜、矢尋を抱いたのか？」

すっかり顔色をなくしていた理久は、何度か声をかけられてようやく自分が質問されていることに気づいて、首を横に振って否定した。

「なんだよ。まだなのか」

媚薬で脳髄が溶けているせいで彼の存在を忘れていた矢尋も、我に返って顔をあげる。

「理久……？　え……理久が……ぁ！」

少し離れた位置に立っている理久が、全裸の二人を見おろしていることを知り、矢尋は激しく頭を振った。

「いやだ。見るな！　見ないで……理久」

妙に新鮮で初々しい恋人の反応に、大いに驚いたのは毅士だった。

「おい、どうしたんだ？　矢尋……おまえ、まさか理久に見られるのが…いやなのか？」

毅士が意外にも嫉妬深い性質だということを、矢尋はこのバカンスでさんざん知らされることになるが、そのきっかけとなった瞬間が今だったとのちに気づく。

ぎこちない二人の雰囲気から、毅士はなにか特別な空気を感じ取ってしまった。

「こっちに来いよ理久。おまえ……さっきのを見てたなら、矢尋を抱きたいだろう？」

手招きに応じた理久にそんな質問が投げかけられると、矢尋は大げさに震えた。

「いやだ毅士。それだけはやめさせて。今はいやだ……こんなの…いやだよぉ」

身体は媚薬と快感で蕩《とろ》けきっていたが、こんな異常な状況で理久と初めて結ばれるのは絶対いやだった。

「だったら仕方ない。矢尋、どうして欲しいか言ってみろ」

「もう許して。お願い……やめて。終わって」

「違うだろう？　言えよ。お願いしろ。素直で可愛い矢尋をいじめたりしないから。ほら」

こうなった毅士は際限なく自分を嬲ると知っているから、矢尋は観念した。

それに、今ここで理久に抱かれるなんてありえない。

「……抱いて。毅士……お願い。毅士がいいんだ。俺を抱いて」

「違うな」

「あ、ぁ……毅士。お願い……俺を………犯して、ください」

彼が今、こんなふうに屈辱的な言葉を求めていることを知っている。

セックスのときだけ、彼はとても支配欲が強くなる。

「だったら、どこを犯して欲しいんだ？」

「うう…う…もう、お願い毅士……お願い」

「だめだな」

泣きながら、矢尋は羞恥《しゅうち》にまみれて淫《みだ》らな台詞で懇願する。

「っ……ぅう……毅士、お願い。俺の、この……やらしい孔を、犯して……ください」

それを聞いた毅士はようやく満足げにほくそ笑み、テーブルの椅子《いす》を一脚引いてくると、それを矢尋の前に置いた。

ジーンズの前をくつろげた彼は椅子に座ると、いきり立ったペニスを片手で暴きだす。

「いい子だ矢尋。さぁ、ここへ来い。お望み通り挿《い》れてやるよ」

顎《あご》をしゃくって恋人を呼びつけた毅士は、痺れた四肢で床を這ってきた細い身体を対面で抱きあげた。

「ほら、あっちの観覧席に向いて、おまえの孔が俺を頬張るところを見てもらおうか」

膝《ひざ》の上で矢尋の身体を反転させ、両足を大きく開かせた屈辱的な格好のまま、毅士は己の男根の刃《やいば》の上に座らせていく。

そのとき、真正面から自分を見ている理久と視線が絡んだ。

「あぁぁあぁ。いやっ、いやぁぁ」

さっきまでたっぷりと玩具に犯されていた孔は、特大サイズの毅士のペニスを難なく飲み込んでいく。

「ぁふっ……ひぁぁぁ」

わざとゆっくり加減されながら凶器に刺し抜かれ、矢尋はたまらずに両手を毅士の膝について腰を浮かそうと焦った。

「おいおい、逃げんなって。おまえ、もっと罰が欲しいのか?」

怒った毅士に、尖ったピンクの乳首を背後からピンと弾かれると、

「ひぅ……！」

矢尋は甘い声で啼いて崩れ落ち、怒張の上に完全に座り込んでしまった。

「ひぐぅ！　ん………ぃぅぅっ」

引きつった切れ切れの声が、そこで見ている観衆の鼓膜を震わせて興奮に導いていく。

「いい声だ矢尋。いいぜ。さぁ、ちゃんと俺を愉しませてくれよ。もっと孔を締めるんだ」

ぐんと一つ突きあげられると湿った喘ぎと悲鳴がほとばしるが、狭くて濡れた粘膜は雄の形を覚え込むように窄まって締めつける。

「っ……いいぜ。たまらない……やっぱり矢尋の中が、一番いい具合だ」

誰かと比べるような言葉を選ぶのも、いつもの意地悪な毅士のやり方だ。

「さぁ、どうだ理久？　もっと近くへ来いよ。矢尋が喘いでいるときの顔をじっくり見たいだろう？」

誘われて戸惑いながらも彼が近寄ってくると、矢尋は激しく泣きじゃくって来ないでと懇願した。

「泣いてないで顔をあげろよ。ほら、理久におまえのやらしい孔とイキ顔を見てもらえ」

毅士は両足を極限まで広かせた状態で膝に手をかけて持ちあげ、二人がしっかり繋がっている局部を見せつける。

ぐしゅっという粘着質な音が淫猥《いんわい》すぎた。

「いや！　そんな、ぁぁ。見ないで、理久、お願い……ぁぁぁぁ、俺を、見ないで」

いつの間にか二人の前には理久だけでなく智も這うように移動してきて、まるでセックスショーでも見せつけるように毅士は矢尋の身体を上下左右、縦横無尽に揺すり倒した。

「あ、はぁ……ぁん。ぅぅ深っ。あぁ……や。当たる。そこ……あたって……だめぇ」

薄桃色の秘唇が苦しいくらい広がってまくれあがって、蜜をまとった赤黒い怒張を必死に頬張っている。

ぎりぎりまで引き抜かれた一瞬しかその全容は見えないが、剛直にまといつく蔦《つた》のように浮きでた血管が毅士の興奮をあらわにしていた。

「どうした矢尋。今夜はずいぶん感度がいいな。見られていると気持ちがいいのか？　もっとどうして欲しいのか、正直に言ってみろよ」

「ぁ、ぁ……奥が、疼いてる。お願い……もっとあそこ…こすって」

「ここか？　ん？」

わずかに残っていた理性をも欲望が突き崩すと、矢尋の思考は完全に麻痺《まひ》して、残ったのはただの発情した雌《めす》だった。

「あぅ！　ひ…ぁ……そこ、そこが、いいっ」

プライドごと力ずくでねじ伏せられて得られるのは、歪《いびつ》な形をした絶対的な享楽。

「理久、俺の可愛い矢尋にキスしてやれよ」

毅士は腰を蠢かしながら、さらなる展開へとシナリオを進めていく。

最初こそ難しい形相で息を絞って矢尋の痴態を眺めていた理久だったが、今は欲に染まった眼差しで二人が繋がっている一点を凝視している。

それでも彼は動こうとしなかった。

「しょうがないな。なら矢尋、おまえ、理久がその気になるように色っぽく誘ってやれ」

ならば仕方がないと、今度は矢尋が指名される。

「……理久、お願い……俺に、キスして。早く……来て」

両手を伸ばして甘く誘われた理久は、ふらりと動いて椅子の前に膝をついた。

矢尋はすぐさま彼のうしろ髪に震える指を差し入れ、ゆっくり引き寄せて口づけをねだる。

唇に理久の息がかかって、そこに灼熱《しゃくねつ》と湿度を感じたことで、平静を装う相手の興奮をつぶさに知らされた。

沸騰した熱を逃がそうと息を吐いていると、下から唇を喰《は》むように覆われる。

すぐに深く差し込まれてきた舌が口腔の熟れた媚肉を舐めまわし、たまった唾液は高い淫音を鳴らして理久の喉に落ちていく。

開ききった内腿《うちもも》の筋がぶるっとおののくと、毅士をくわえ込んでいる孔が甘やかに蠕動《ぜんどう》する。

恋人の肉体の変化を埋めた己の肉茎で知らされた毅士が、他の男とのキスに夢中になっている矢尋の腰を、突き崩す勢いで荒く突きあげ始めた。

「んぅっ。ぅ…あぁぁ――――っ」

のけ反り喘いだせいで唇がほどけると、離れた熱を取り戻したくて理久が一歩前に出る。

もう一度唇を結んだとき、唐突に乳首を吸われてしまい、予期せぬ攻撃に矢尋はむせぶように啼いた。

「ぅうぁぁぁっ！　やぁ。な…に？　誰？　ぁ……智？　なにして……ぁぅん……やぁぁ、乳首、吸わないでぇ」

しばらく傍観していた智も絡み合う三人を見て興奮したのか、矢尋を責めることに参戦してきて、桜色の乳首に吸いついたり噛んだりする。

「やだ、そんなの……だめぇ。あっちもこっちも、感じ…すぎるからぁ」

鼓動が激しくなって、息苦しくて溺れたみたいに手足をばたつかせてもがいた。

深く楔《くさび》で穿たれた腰はがっちり固定されているから、矢尋はなんとか上体をくねらせて理久の深い口づけから逃れて酸素を求める。

それでも、大きな両手が頬をがっしり挟んで、暴れる矢尋の動きを制限する。

「どこもかしこも気持ちいいだろう矢尋？　おまえは乳首を嬲って孔を犯されるだけでイける雌猫だってことを、二人に証明してやれ。さぁ、盛大にイけよ」

弾むほど乱暴に粘膜を抉って突きあげられ、さらに結合で伸びきった孔の縁を智の指先が何度も引っ掻いてくる。

「ぃあぁぁっ」

しばらくして、我慢の限界を迎えた矢尋は大きくその身を痙攣させた。

「ぁ、ぁああ……ごめ、理久……許して……イく。イくぅぅ。ぁん。あぁーーー」

己の後孔の粘膜に飛沫《しぶき》が叩きつけられる熱を味わいながら、矢尋は目の前のきれいな理久の頬に熱い白濁を散らせてしまった。

ぐったりと腰から前に崩れる矢尋から、毅士はまだ角度を保ったままの怒張を引き抜いた。

そのとたん、今度は智がすがりつく。

「お願い、今度は僕を抱いて毅士……もう我慢できないよぉ。ねぇ、お願いだから。この硬いのを今度は僕にちょうだい」

甘えかかる智の腕を掴んだ毅士は、願いを叶えるべく智を床に転がして覆いかぶさった。

「いいぜ、ぶち込んでやるよ」

双頭バイブのせいで熟れきった蜜孔に、毅士の怒張が一息で最奥まで突き込まれる。

「あぁぁぁん。いい、毅士……おっきくて、最高に気持ちいぃよぉ」

床の上に仰向《あおむ》けになった智の腰を容赦なく引き寄せると、白い背中までが浮きあがった。

深くなった結合と律動に、智はむせび泣きながらよがり狂っている。

息も絶え絶えの矢尋は床にだらしなく転がったまま、自分と同じように二人の狂態を眺めている理久の心情を推し量った。

目の前で、恋人が別の男に抱かれている姿を見せつけられるなんて、辛いだろうな……。

獣みたいに交わる二人の映像を遮断するため、矢尋は涙に濡れたまぶたを固く閉じ合わせた。

【5】

三日目の朝、矢尋は昨夜と違う部屋のベッドの上で目が覚めた。

隣で優しい声がして瞳を開くと、目の前には端整な毅士のアップ。

「よく眠れたか？」

「ぁ……うん」

「身体、大丈夫か？　昨日は悪かったな。ちょっと悪ノリしすぎた」

こういう素直な面があるから、矢尋はどうしても毅士を嫌いになれない。

なんだかまるで、飼い主に上手く飼い慣らされている気がしてならないけれども。

「あの、俺……毅士と、一緒に寝たのか？」

つきあって何度かホテルで一夜を過ごすことはあったが、同じベッドで目が覚めたことは初めてだった。

しかも、毅士の腕枕《うでまくら》でという今の状況に戸惑わずにはいられない。

「まぁな。あっちのベッドには智がまだ寝てる。で、理久はさっきまでソファーで眠っていたけれど」

「え？」

同じ寝室で男四人が眠っていたなんてまるで学生のノリだったが、すでに理久の姿は室内になかった。

「どうした矢尋、怒ってるのか？　悪かったよ。かなり反省してる」

「別に……ただ、自分自身がちょっと、いたたまれない気分なだけ」

理久にあんな痴態を見られたことが、本当に恥ずかしくてたまらない。

「あの媚薬は漢方なんだけれど、そうとう効くらしいからな。昨日の矢尋はいつもと違ってかなりハイになっていて、俺もおまえの媚態を見ていたら理性が飛んでしまった」

おそらく、複数でセックスしたことも極度の興奮に作用していたのだろう。

「……ぜんぶ薬のせいだと思いたいよ。でも毅士、なぁ俺……もう媚薬はいやだ」

「わかってる。俺が悪かった。おまえに媚薬を飲ませた智にも釘を刺しておいた」

毅士の腕が素肌をさらす肩ごと懐にもっと抱き込もうとしてくるが、今は素直になれない。

智の名前が彼の口から出たことで真っ先に脳裏に浮かんだのは、毅士が彼を抱く姿だった。

自分の恋人が、別の誰かを抱くシーンを眼前で見せつけられたことは、予想以上に矢尋の胸を引っ掻いた。

「ごめん。俺…ちょっとシャワー浴びてくる」

そう言って浴室に逃げて水で頭を冷やしたあと、矢尋はそのままキッチンに下りていった。

「あ……」

一人になりたかったのに、キッチンでコーヒーを淹れている理久の姿がそこにあった。

「矢尋さん……おはようございます」

「……おはよう」

なんだか気まずくて目が合わせられないけれど、あんな事態に理久を巻き込んでしまった原因は、バーで二人を残して先に帰った自分にあるのだから、まずは謝りたかった。

「昨日は……ごめん。理久……なんか、変なことになって」

「いいえ。矢尋さんは昨夜、薬で普通じゃない状態になっていたって聞きましたから」

昨夜は本当に媚薬で頭がぼんやりしていて、記憶が定かでない上に、理久がどんな顔をしていたのかも正直鮮明には覚えていなかった。

「うん。あの……」

なんとなく気まずい雰囲気に耐えかねていると、救世主のようにキッチンのドアが開いた。

「おはよう理久！　矢尋さんも。あ、身体は大丈夫ですか？」

あんなことのあった翌朝なのに智はいたって平常どおりで、そういう面はうらやましいと思えた。

「うん……平気だ。智は？」

「僕はぜんぜん大丈夫ですよ。昨夜のプレイはもう、もうもうマジ燃えましたよね～！」

返す言葉を迷っていると、理久がいきなり智の腕を摑んでドアの外に引っ張っていく。

急にどうしたんだろうと気になったが、すぐに矢尋はピンときた。

きっと理久は、昨日の智の態度を怒っているのだろう。

恋人があんなふうに目の前で別の男に抱かれたら、誰だって嫉妬するに違いない。

二人の親密な姿を見て、矢尋はなんだか無性に悲しくなってくる。

こんな気持ちになるなんて本当に初めてで、これが嫉妬なのかもしれないと思った。

矢尋は少し風に当たりたくて、そのままキッチンから続くデッキに出ていった。


一方、智の腕を掴んでキッチンを出た理久は、切羽詰まった顔で詰め寄っていた。

「なぁ智。頼むから、本当のことを矢尋さんに話させて欲しい」

正面から華奢な肩を掴んで、真摯に訴える。

「なに？　どうしたの理久？　どうして急にそんなことを言うの？」

「俺は矢尋さんに……嘘をつくのが辛いんだ」

眉根を寄せて苦しげに吐露する声に、智はいぶかしげな表情で首を傾げた。

「ねぇ理久、このスワッピングバカンスのルールを忘れたの？　本気になっちゃいけないんだよ。それにまだ、僕は毅士さんの心を矢尋さんから引き離せていないんだから、真実を明かしたら今までのお芝居のすべてが台無しになっちゃうよ」

「そんなことない！　ちゃんと話せば二人ともわかってくれる」

「だめだよそんなの。僕が最初から毅士さん狙《ねら》いで、あのジャズバーに理久と恋人同士のふりして入ったなんてことがバレたら絶対に嫌われる。お願いだからもう少しだけ僕と恋人のふりをして。ねぇお願い。僕が大学時代からどれだけ演出家の毅士さんを好きだったか、理久ならよく知ってるよね？」

必死で言い募る智の長い長い片恋に、理久も同情はしたが……。

「……それでも俺は、もう黙っていられる自信がない」

「どうして？　ねぇ、どうして矢尋さんに話したいの」

普段とは明らかに温度の違う理久の態度に、智も特別ななにかを感じ取っていた。

「嘘をつくのがいやなんだ」

「え？　それって、やっぱり理久……矢尋さんに本気になったとか言わないよね？」

苦く笑って目を逸らす理久の胸ぐらを、智は摑んで揺さぶった。

「だめだよ。だったら絶対に傷つくよ！　だって、なんだかんだ言っても毅士さんはいつも矢尋さんを気にかけて大事にしてあげている。昨日のセックスだって、矢尋さんを抱いているときの満ち足りた顔を見たでしょ？　それに矢尋さんだって冷めているようで実際は……」

「それ以上言うな！　わかってるよ。わかってる。それでも、俺は矢尋さんを……！」

理久の苦しい恋心を初めて聞かされた智は、だがそれでも縋るしかなかった。

「ごめん理久！　僕、頑張って一刻も早く毅士さんの気持ちを振り向かせるから、お願いだからもう少し時間をちょうだい。お願いお願いお願い……」

涙ぐんで懇願を続ける智の姿に、理久はいったんは了解せざるを得なかった。

「わかったよ。もう少し待つ努力はする。でも……俺も長くは待てないから」

理久は唇を引き結ぶと、冷たい色をまとったまま背を向けた。

まだ昨夜のことを引きずっている矢尋は今日は四人での行動を望んでいたが、毅士は懐いてくる智と二人でさっさと出かけてしまい、結局は理久と二人で別荘に残された。

重くなる空気を変えようとしてなのか、やけに明るい面差しの理久から、今日はアメデ島の灯台に行きましょうと提案が来た。

モーゼル湾に車を駐《と》めて、そこからフェリーに乗り換えた二人は、約三十分ほどで島に到着した。

アメデ島はバリアリーフの中に浮かんだ小さな島。

フェリーが浅瀬の桟橋に近づいていくと、海の色がディープブルーから徐々にライトブルーへと変わっていく見事なグラデーションを見せ、思わず目を奪われる。

白砂の海岸線が島の外周をぐるりと囲み、中央には南国の花が咲き乱れる林があって、さらにその林の真ん中あたりに、スカイブルーの空に伸びた白亜の灯台が見えた。

ふと目の前をカモメが飛んだかと思うと急に海へとダイブし、クチバシに小魚をくわえて海面から飛び立つ。

まさにここは空と海と数羽のカモメだけが支配する絶景の世界で、その景色の中にいるだけで心が穏やかに凪《な》いでいく。

美しいものは、人の心から刺々《とげとげ》しい要素を払拭してくれるから不思議だと矢尋は思った。

フェリーを降りて桟橋を渡って上陸したときには、二人の気まずい雰囲気はすっかり消えていて、鮫《さめ》の餌《え》づけショーやウクレレ演奏などといった様々な催しに夢中になっていった。

昼に島のレストランで海鮮とフルーツのビュッフェランチを存分に味わったあと、二人は島の中心部にある白亜の灯台を目指すことにした。

途中、南国特有の椰子《やし》やパパイヤの天然木の生い茂る樹林を歩くと、見事なブーゲンビリアが咲き誇っていて、その彩色と香りに気持ちが癒《いや》されていく。

熱帯域で見られる多くの花は、そのほとんどがニューカレドニアの固有種で、他では見られないめずらしい花に目移りした。

「矢尋さん、これってウツボカズラですよね？」

理久が赤と緑が混ざった妙な靴下のような植物を指さして訊いてくるが、確かに映像の中でしか見たことがない食虫植物だった。

「ほんとだ！　初めて見たかも。見てここ。ほらガクのところ、どうなってるのかな？」

華やかな外見に反し、どこかオタク気質が共通する二人は、しきりに植物の構造をのぞき込んであれこれマニアックに論じてしまう。

そのとき、矢尋がなにかの気配を感じて林の奥に目をやると、植物の陰でうずくまっている人影を見つける。

「理久、あれって…子供じゃないか？　ほら、奥の赤い花のうしろのところ」

「あ、本当ですね。どうしたのかな。なんか、泣いていませんか？」

灯台までの道から少し逸れた茂みの中に、四～五歳くらいの子供がうずくまって、母親を呼びながら泣いている。

「さっき俺たちが乗ってきたきたフェリーに、日本人の家族も何組か乗ってましたね」

どうやら日本から来た観光客らしい。

ニューカレドニアを訪れる観光客には日本人も多いが、やはりフランス領なので西洋人が圧倒的に多く、迷子になったならさぞ不安だろう。

「ちょっとここで待ってて理久。俺が行ってくる」

子供が怖がらないようにと単身で近づいた矢尋は、しばらく日本語でなにか語りかけ、それから少しして小さな手を引いて戻ってきた。

「矢尋さん……大丈夫ですか？」

「うん。あのな、この子、灯台からの帰りに家族とはぐれたらしいから、一緒に捜すことにしたんだ。な、勇太郎《ゆうたろう》」

矢尋が子供の目線の高さにしゃがんでやると、なんとか泣きやんだ勇太郎はようやく少し安心したように笑った。

まずは灯台まで戻って家族を捜し、そこにいなければフェリー乗り場まで行こうと考えた。

「ねぇ勇太郎くん。どこでお母さんたちとはぐれたの？」

理久が優しい口調で訊いてみたが、勇太郎は泣きはらした目でじっと地面を見たままだ。

「なぁ、知ってるか勇太郎。さっき椰子の樹の上でインコを見たんだ。インコって知ってるか？　すごく綺麗な色をした鳥だよ。おまえも見たいだろ？」

矢尋が興味を引くように訊いてみると、ようやく勇太郎は顔をあげ、わずかにうなずいた。

「じゃあ、俺とどっちが早く探せるか競争しような」

「うん」

ゆっくりとした歩調に合わせて歩いている間、矢尋はなに一つ勇太郎に尋ねようとはしなくて、理久は不思議に思った。

こうやってむやみに歩いていることが時間の無駄に思える。

親とはぐれた場所などを真っ先に聞き出すべきだと思ったのだが……矢尋は時々足を止めて、インコやめずらしい昆虫を見つけては熱心に勇太郎に話しかけていた。

かれこれ十分ほど歩いたころ、勇太郎はようやくぽつぽつと話し始めた。

「あのね、お兄ちゃん。僕、マンゴーの実を探していたの」

「マンゴー？　そっか。美味しいもんな。俺も好きだからよく食べるよ」

「ううん、違うの。あのね、おばあちゃんにね、持っていってあげるの」

勇太郎はふと立ち止まると、なにかを訴えるように一気にいろんなことを話し始めた。

それによると……。

アメデ島の観光には、祖母と父母と一緒に来たらしいのだが、実は祖母には持病があって薬を常用しているという。

一日に三回、薬を飲んでいるけれど、祖母は苦い薬や固いカプセルが苦手で、日本ではやわらかい果物やゼリーにくるむようにして飲んでいたらしい。

ところが今日は、日本から持参したゼリーをホテルに忘れてきたそうで、だから勇太郎は自分がマンゴーを採ってきてあげようと独りで探しに出たそうだ。

天然のマンゴーの樹は島のあちこちに生えていて、道から少し入ると熟した実がなった高い樹が見つかった。

「勇太郎。あそこにあったよ。今すぐお兄ちゃんが採ってあげるからな」

長身の理久がマンゴーの樹をいち早く見つけ、さっそくそのなめらかな幹に足をかけたとき、矢尋がやんわり止めた。

「待って理久。ありがとな～。でも勇太郎は、きっと自分が採ったマンゴーをおばあちゃんに持っていってあげたいと思うんだ。だから、ごめん理久。ちょっとお尻を下で支えてやってくれるか？　悪いなぁ」

「あ、はい。わかりました。じゃぁ、勇太郎。無理せずにゆっくり登れよ」

矢尋は勇太郎の丸い頭を撫でると、登りやすいようにサンダルを脱がせてやった。


熟したマンゴーの実を二つも抱えた勇太郎と矢尋たちは、ほどなく灯台の近くで子供を捜していた両親と祖母に、無事に遭遇することができた。

血相を変えて迷子を捜していた両親は、矢尋たちに何度も礼を言ってくれた。

そんな中、勇太郎は祖母に向かって、自慢げにマンゴーの実を差し出した。

「はいこれ。おばあちゃんにあげる！」

小さな手にしっかりと抱えられたマンゴーを、祖母は大事そうに受け取った。

「ありがとう勇ちゃん。勇ちゃんは、これをおばあちゃんに採ってくるために、探しに出かけてくれたの？」

砂の上にしゃがんで、祖母は立派なマンゴーを嬉しそうに眺める。

「うん。だっておばあちゃん、前にカプセルの薬が喉に詰まって怖かったでしょ？　だからさっきのお薬、マンゴーと一緒に飲んで！」

今の言葉で、家族にはどうして勇太郎が迷子になったかのワケがわかったようだ。

そして勇太郎は今度は両親に向かって訊いた。

「ねぇねぇ、どうして僕のお薬は甘いシロップなのに、おばあちゃんのお薬は苦いし、それに固くて大きいの？　どうして？」

素朴な疑問だったが、それを聞いたときに理久はふと思った。

勇太郎の言うように、確かに子供用の薬は味などを甘くする改良は多くされているが、老人に飲みやすい薬はあっただろうか？


その後、友達になった勇太郎とその家族が、ビーチで行われるポリネシアのダンスショーを観に行くのを二人は見送った。

「矢尋さん、よかったですね。家族が見つかって」

「うん。本当にな」

「それにしても、やっぱりあなたは保育園の先生なだけあって、小さい子と仲良くなるのが上手いですね。僕なら、あんなに早く勇太郎と打ち解けられなかったし、両親も見つけられなかったと思います。子供の扱いってすごく難しそうですね」

何度も振り返りながら手を振っている勇太郎の姿を微笑ましく見送りながら、理久はしみじみ感心したようにつぶやいた。

「そうでもないよ。みんな勘違いしてるだけ。子供ってさ、急いじゃダメなんだよ。なんでもゆっくりゆっくりすればいい。大人はすぐに近道を探したがるけれど、急いだり焦ったりしたら逆に遠まわりになるんだ」

「……へぇ。そんなものなんですか」

「知ってるか？　まだ上手に話せない幼児でも、実はいろいろちゃんと頭の中では考えてる。ただ、上手く言葉にできないだけなんだよ。だから大人が先走って答えを導きだそうとすると、逆に怒って頑《かたく》なになる。だから子供には気長に待つことが重要なんだ。まぁ、それもけっこう、忍耐力がいるんだけどなぁ」

　そう言って肩をすくめる矢尋は今、すっかり保育園の先生の顔をしていた。

「あの、矢尋さん。俺、思ったんですけれど……」

「なに？」

「確かに勇太郎が言ったように、老人が飲みやすい薬の改良は思うように進んでいないんです」

　新薬の開発には各国がしのぎを削って競争しているが、実際それを飲みやすく口に運ぶための改良という部分はあまり注目されてこなかったようだ。

「子供用のゼリーにカプセルをくるんで飲むのもいいですけれど、グミのようなやわらかい素材でカプセル自体を作ってみたらどうでしょうか？」

「あ、それいいな。でもさ、そのグミ自体に薬の成分を混ぜ込めないかな？　食べても美味しいグミの薬があったらいいよな」

なにかで薬を包むとカプセルのように容量が大きく固くなるが、グミそのものが薬だったらやわらかくて飲み込むのも楽だろう。

「あ、ちょと待ってください。今のアイデアいいですね。書きます」

「あはは、なんだよ理久、真面目か？」

いきなりショルダーバッグからペンとメモを取り出して書き始める理久に、思わずツッコミを入れてしまう。

「漏れなく書き留めておかないとね。だって、なんだか企画の事案が決まりそうなんです」

「あぁ、なるほど……そういうことか。いいなそれ。あのさ、訊きたいんだけど、老人の薬って何種類も一回で飲まないといけないことが多いだろう？」

「ええ、年配の人は症状が併発していることがあるので、多いと七～八種類の薬を一回に飲むこともあるでしょうね」

想像するだけでも、薬が嫌いになりそうだ。

「なら薬を間違えないで飲むのも大変だし面倒だよな？　たとえばさ、処方の段階で違う薬を一つに混ぜるってのはできないのかな？」

理久は顎に手を当て、いぶかしい表情でしばらく考え込んでいたが。

「あ〜、限りなく難しいですけれど、可能性がゼロってこともないかも。ちょっと待って、そこも書きますから」

人は老いると、どうしても物忘れがひどくなる。だから何種類もの薬を一つの錠剤に加工できれば、飲み間違えも少なくなるかもしれない。

「矢尋さん。難しいけれど、まずは今の案の可能性を、研究者たちと詰めてみます」

「うん。そういう薬ができたら、きっと世の中のためになるぞ」

常々、矢尋は社会に貢献できる人間になりたいという信念を抱いているが、それは自分を育ててくれた、保護施設の保母の言葉だった。

「はい！　そうですね。俺もそう思います。矢尋さんのそういうところ、すごく尊敬します」

理久は少し重めの言葉も、自然に発することができる矢尋の姿勢に共感した。

「………ふ〜ん」

「なんですか、じっと見て？」

「いや。理久ってさ、実はすごく真面目で素直なんだなぁって思って」

「え？　そ、そうですか？　ありがとうございます。よくわからないけど、でも中身も褒めてくれて嬉しいな。矢尋さんはね、見た目も可愛いし中身も本当に素敵ですよ」

「あはははは。なんかさ、端《はた》から見たら俺らってかなり恥ずかしいよな」

それに同意した理久も、肩を揺らして笑った。

「確かにね。じゃぁ、そろそろ灯台、登りましょうか！」

「そうしよう」


南国の樹林の中に建つ白亜の灯台は、スカイブルーの空に見事なコントラストを描いてそびえていた。

一八六五年に建てられたそれは、今でも修復を重ねて当時のレトロな姿を残していて、どこかヨーロピアンな外観がこの南国とのギャップを醸し出している。

それは、このニューカレドニアがフランス領であることを証明しているようだった。

灯台の中に入って長い螺旋《らせん》階段を根気よく登っていくと、やがて上階に展望台があった。

扉を開けて外に出ると、そこは塔をぐるりと一周するパノラマになっている。

「すごいな。ほら理久、こっちこっち」

欄干を両手で掴んで景色を眺めると、あたり一面輝く空の青と海のエメラルドグリーンが融合する絶景だった。

「こんな高い場所から海を見たら、青にもいろんな種類があるんだって思い知らされるな」

「そうですね。それにほら」

理久が指さしたのは沖合の水平線。

「うん、俺も気づいたよ。やっぱりラインが少しだけ湾曲してるんだな」

それは、この地球が丸いという証拠。

こんなふうに、感動するポイントが理久と同じだという些細《ささい》なことが矢尋は嬉しかった。

風が少し冷たく感じて、なんとなく隣の理久に一歩近づくと、そんなつもりはなかったのに偶然肩が触れた。

驚いた彼と近い距離で視線が絡む。そのとき、

――キスしたい。

無性に思った。

それは欲望でも駆け引きでもない、ごく純粋な感情だった。

でも、もちろん展望台には人目もあるから、望んだようにはいかなくて。

二人はわずかに疼く哀傷を抱きながら、しばらくはパノラマから見える世界遺産の海を眺めていた。


ビーチに戻る途中、矢尋はなんとなくまだ歩きたい気分だった。

偶然にも同じことを考えていたらしい理久に、もう少し歩きましょうと誘われ、二人は再び海岸線を歩き始める。

一周しても三十分ほどのアメデ島の白い浜辺で、素足を波に遊ばせながら歩いているとき、

矢尋は朝からずっと訊きたかった恥ずかしい疑問をようやく口にした。

「なぁ理久、変なことを訊くけど、なんで昨日の夜……俺を、抱かなかったんだ？」

早口で言葉にしたのは、自分の中にある複雑な戸惑いと羞恥を知られたくないから。

「……それは……ただ、俺は…………あんなふうに、初めて矢尋さんとするのはいやだったんです」

「理久？」

「あの、ちょっと今から正直に話しますから、もしいやなら俺を止めてくださいね」

なんだか怖かったけれど、それでも理久の本心が知りたくてうなずく。

「俺、昨夜は自分でも信じられないくらい、乱れている矢尋さんを見て欲情しました。もちろん抱きたいと思った。でも……できなかったんです。だって、あなたとの初めては、ちゃんと……その、二人きりで……抱き合いたいと思ったから」

「どうして？」

理久が足を止め、そこに白く泡だった波が寄せて跳ねた。

「それは、俺が矢尋さんを……いえ。あの……こんなこと言うのって変ですよね。でも、あなたとのことを、とても大事に想っているから」

ぎゅっと、胸のあたりを締めつけられる苦しいほどの歓喜が、喉の奥からこみあげる。

まるで嗚咽《おえつ》のように息が詰まって、甘いもので胸がいっぱいに満ちた。

もしも今、一番欲しい言葉があるのだとして、どうしてそれを理久はわかるのだろう？　たどり着く場所も見えないまま走りだした嘘のない想いは、胸に留《とど》まることなんてできずに勝手にあふれだしてしまう。

まるで二人が出会うのが運命だったのだと、そう思えるほどに理久に惹かれているし、彼のすべてが欲しかった。

それは、理久も同じなのだろうか？

「なぁ理久。俺もさ……俺も同じだよ。理久とはちゃんと、二人きりでしたいよ」

傾いてきた夕日がエメラルドグリーンの海を淡いオレンジに染め始め、傍らで優しい眼差しで見つめてくる端整な容貌にめまいがしそうだ。

周囲には人影はなく、理久がそっと矢尋の手を握ってくると、それだけで心臓が跳ねる。手を繋ぐ……男女の関係ならば許される些細な行為すら人前ではいつも遠くにあるから、それだけでも泣きたいくらい嬉しかった。

聞こえるのは潮騒の音と風の囁きだけで、この天国に一番近い楽園に二人さりだと錯覚しそうになる。

サーモンピンクの空と海と大地のすべてが、自分たちに優しいように思えた。

「矢尋さん。そろそろフェリーの出る時間ですから、戻りましょうか」

「うん」

優しい温《ぬく》もりを与えてくれる大きな掌を、矢尋はもう一度ぎゅっと握り返す。

言葉にすることは許されなくても、この想いのすべてが相手に流れてくれたらいいと願った。

今夜、彼に抱かれたい。

短い一生の中で、いつか出会いたいと望んでいたソウルメイトに、ようやく巡り会えた気がしていた。

たとえ互いに立場があっても、未来すらないとしても、それでも今だけは一緒にいたい。

彼とわずかの間でもかまわないから、確かな絆《きずな》を結びたい。

自分の五感の全部で彼に愛されたいし、愛したかった。

それはもはや欲望ではなく、痩《や》せた大地に潤いを与えるスコールのように、干からびた心と肉体が渇望する一生に一度の希求。

まるで、運命に導かれた魂が呼び合うようだった。


別荘の駐車場に車を駐めてエントランスまでの路を歩いていると、リビングの大きな窓から少しだけ中の様子が見えた。

カーテンが翻ったとき、ソファーの背もたれから毅士の背中が偶然にも見えてしまったが、そこに白い素足が絡まっているのがわかった。

一気に気分が降下していき、矢尋の足は急に重くなって停止する。

「どうかしましたか?」

呆然とたたずんでしまった矢尋の変化にいち早く気づいた理久は、その視線の先を追って同じ光景を目にした。

彼はすぐに、別の選択を模索してから提案する。

「あの…実はこの近くに、父の所有しているコンドミニアムがあります。この別荘よりは狭いですが、うちが最上階を使っているので、今夜はそこに泊まりましょう」

理久は顔色をなくしている矢尋の瞳に目隠しをすると、やけに頼りなく思える肩を強引に抱いて車に戻った。


コンドミニアムは別荘から五分ほど車を走らせたシトロン湾の海岸沿いにある。

夕食がまだだった二人は、近くのショッピングモールでワインや食材などを買ってから、目的地に向かった。

車から降りた矢尋が建物を見あげるとそこはまだ新しく、セキュリティーの整った高級コンドミニアムだった。

エントランスで理久が暗証番号を入力してエレベーターホールに入り、最上階にあがってから部屋にはカードキーで入った。

「なぁ理久、部屋のカードキー、持っててよかったな」

「はい。日本を出るとき、もしかしたらと思ってカードケースに入れておいてよかったです」

室内は４ＬＤＫのマンションタイプになっていて、冷蔵庫や洗濯機、レンジも常備されていた。

この部屋は主に理久の父が仕事をする際に使っているらしく、一番奥の鍵のかかった一角が父親の書斎と寝室になっているらしい。

他にも家族が使えるように寝室は二つあって、キッチンには食器などもそろっていた。

このニューカレドニアに着いてからは外食が多かったが、独り暮らしの矢尋は実は料理が得意だ。

すぐにキッチンに立って夕飯の準備を始めると、理久も隣で手伝ってくれる。

最初に新鮮な野菜や果実を切ってスモークサーモンを添え、フルーツサラダを仕上げた。

そのあと、よく茹《ゆ》でたパスタをオリーブオイルとガーリック、赤唐辛子で手際よくあえれば、アーリオ・オーリオ・ペペロンチーノのできあがりだ。

理久が選んだ白ワインをグラスに注いで乾杯すると、二人は遅い夕食を始める。

「今日は簡単なもので悪いな。でも今度は理久がリクエストしてくれたものを作るよ」

「ありがとうございます。でも、このパスタもすごく美味しい！　矢尋さんって料理が上手いんですね。俺はさっぱりだからうらやましい。でも、正直ちょっと意外だったな」

「それ、実はよく言われる。まぁ俺の場合、料理が好きで得意になったわけじゃなく、必要に迫られてのことだからなぁ」

「へぇ……」

隠しごとはしたくなくて、あまり自ら進んで話すことのない生い立ちを矢尋は語り始めた。

「あのな。実はうちの親って十代で俺を産んだんだけど、俺が二歳のときに育児放棄したんだ。だから物心ついた頃には児童養護施設に預けられていた。それからはずっとそこで育ったんだ」

深刻な告白を、まるで軽い雑談のような口調で話す姿に、理久は面食らう。

「……知りませんでした。あの……施設で暮らすのって、辛かったですか？」

「う～ん。それ、よく誤解されるけどぜんぜん違う。俺がいた施設には年配の保母さんがいて、その人に育てられたんだ。厳しいけれど温かい人で、今でも俺は母親だと思ってる」

「もしかして……そのことと、保育士になったことは関係ありますか？」

「あ～、そんなつもりはなかったけれど、気がついたら教育学部を受験してた。本当は小学校でも教えられるんだけれど、保育士の資格も取ったんだ。俺がしてもらったみたいに、少しでも忙しい家庭環境に生まれた子供の力になってやりたいから」

その言葉は、とても矢尋らしくて共感できた。

「今、勤めているのは保育園でしたよね？」

「そう。児童養護施設ではないんだけれど、保育園に通ってくる子は親が忙しくて遊んでもらうことに飢えてる。俺はさ、子供と遊ぶのが好きだから毎日が楽しいよ」

優しくて面倒見のいい矢尋の、保育園での生き生きとした日常が容易に想像できるようだ。

「なんだか、保育園の子供たちがうらやましいなぁ。俺も矢尋さんに遊んで欲しいです」

確か、前にも理久はそんなことを言っていた。

「なにそれ。おまえ、ほんとガキみたいだなぁ」


夕食が終わると、二人はシンクに並んで洗い物をした。

まだ少し飲み足りなくて、ソファーでいかにも高級そうなウイスキーを水割りで飲みながら、お互いの生い立ちの話をする。

育ってきた環境は百八十度も違う二人だが、不思議なことになぜか相手に強く惹かれてしまう。

その理由を全部見いだすには、まだ少し時間が足りないのかもしれないが……。

やがて、会話がとぎれる瞬間に視線が絡むことが増えて、矢尋は困ったように目を伏せる。

熱を帯びた理久の視線は皮膚から浸透して内側まで熱くしていき、冷静な思考を惑わせる。

理久になら抱かれたいと何度も思ったけれど、実際にこういう状況になると臆してしまう自分がもどかしい。

そんな矢尋の微細な変化を空気で感じ取った理久は、細い顎に指をかけてそっと仰向かせると、触れるだけのキスをする。

温かい唇の感触にうなじのあたりがざわりと震えてしまい、再び顔が落ちてきたときに矢尋はなぜかキスを拒絶してしまった。

「ごめん。矢尋さん、いやだった？」

困ったように問いかける理久は、己の自制心とぎりぎりのところで戦っているような貪欲《どんよく》な瞳を、密かにきらめかせる。

それでも隠しようもない欲が見え隠れしていて、それが嬉しいと感じてしまった。

だから矢尋は、自分の中の正直な感情や想いに従おうと決める。

「いやじゃないよ。だって……これはスワッピング旅行だって納得して参加したんだから、理久の行動は間違ってない。むしろ正解だよな？　ただ……」

セックスすることに躊躇《ちゅうちょ》はないけれど、身体を繋げてしまえば理久をもっと好きになってしまいそうで、それが一番怖かった。

先の見えない関係だからこそ、傷つきたくないと防衛本能が自然と働いてしまう。

「矢尋さんが、もし智のことを気にしているのなら、それは心配ないんです。だって俺たちは……」

切ない表情から矢尋の心情を推し量った理久は、優しい仕草ですべらかな頬を撫でる。

「いいよ……わかってる。うん……」

理久の恋人である智だって今、別荘で毅士と関係している。

「なぁ理久、いやじゃなければ抱いて欲しいんだ。今だけは……智のことは忘れて俺のことだけ考えて」

数日後、帰国したらお互い恋人のもとに戻らなければならないのがルール。

この偽りの関係は、バカンスの間だけの期間限定だ。

理久は智の彼氏で、絶対に本気になってはいけないと自分が承知していればそれでいい。

今だけは、今だけでも理久に抱かれたい。

だから、この胸の疼きに正直に身を委《ゆだ》ねようと決めた。

「俺も同じ気持ちです。矢尋さん……ちゃんと、今から二人でしましょう」

「うん……」

なにかを吹っきった顔で矢尋は理久を見あげた。

少しだけ照れた様子が誠実な彼らしくて、つられて微笑むと、急に困ったように告げられる。

「ただ……俺、上手くできないかもしれません」

それがどういう意味かわからなくて首を傾げると、意外な言葉が返ってくる。

「……したこと、ないんです」

「なにを？」

「男の人と……セックス」

おそらく数秒間の沈黙が落ちたのは、矢尋の脳が意味を量りかねていたから。

「あの………え？　なんで……智とは？」

「していません。あの………本当は俺……」

なにか言いかける理久の唇を、矢尋は掌で急いでふさぐ。

今、彼の口から智のことを聞くのは辛いだけだし、理由の予想はついていた。

「そっか。そんなに智を大事にしてるってことなんだ。それでも今は、俺のことだけを考えて欲しい。今だけでいいから」

切なくて胸が裂かれそうだったが、理久が矢尋の手首を摑んでそっと唇から外させる。

「だったら知ってください。俺が今、どれだけ矢尋さんを欲しがっているのか……」

摑んでいた手首をそのまま引いて、理久はハーフパンツの上から主張する熱を触らせる。

「あ……理久……っ」

「ね。矢尋さん」

彼がちゃんと自分に欲情してくれていることがわかって、驚き以上に安堵した。

「わかった。やり方なら心配しないでいいよ。俺がリードするから、ちゃんとベッドでしよう」

矢尋は自分のバッグからセックスローションを探りだすと、理久の手を引いてベッド脇に誘う。

先にローションをベッドの宮に置いた。

普段は持ち歩いているわけではないが、毅士と会うときは念のために持参するよう心がけている。

気まぐれな毅士はいったん盛るとどこでも容赦なしに求めてくるときがあって、ローションがなければ翌日に辛い目にあうのは自分だから気をつけている。

ボトルに入ったピンク色の液体を不思議そうに見ていた理久に、あとで使うからと短く説明すると、矢尋はベッドの脇に立って彼と向かい合う。

相手の瞳の中に自分が映っていることに気づいて、そんな些細なことにさえ幸福を覚えた。

彼との身長の差は十五センチほどあるので見あげる形になるが、こんな近い距離で触れ合える喜びを矢尋は痛いほど感じている。

初めて出会ったときの公園。流星群鑑賞イベント。

そして今日のビーチ……と、何度も理久に見惚れて、この逞しくて引き締まった身体にどうしても触れてみたかった。

澄んだ眼差しで見つめられているだけで歓喜があふれだして、泣きたくなる。

この恋はきっと自分に、甘味と苦味の両方を与えてくれるのだろう。

そして、今の理久の心情はさらに複雑なのかもしれないと思った。

彼が男と初めてセックスをする相手が、恋人ではなく自分になってしまったのだから。

「ごめんな……俺で」

短い謝罪に対してなにか言おうとするのを遮った矢尋は、理久の腰からTシャツをめくりあげたが、彼は自らそれを脱いでくれた。

ただシャツを頭から抜いただけなのにやけにサマになっているのは、やはりモデルの経験があるからかもしれない。

彼は着やせするタイプみたいだが、二の腕や胸には硬い筋肉が綺麗に盛りあがっていて、腰もきゅっとくびれているので本当に理想的な逆三角形の身体をしている。

メンズのファッション誌を飾るイケメンモデルが雑誌の中から急に目の前に現れたようで、心臓の高鳴りでめまいがしそうだった。

「なぁ理久。俺……昼間もずっと見てた。おまえの身体、すごく引き締まっていて綺麗だ……触っていい？」

それに微笑んでうなずいてくれた理久の、筋肉をまとった二の腕から肩に触れ、首、そして鎖骨から隆起した胸筋の形に添って掌を這わせる。

たまらなくなった矢尋は、そのあとを追うようにして唇でなめらかな皮膚に吸いついた。

目についた形のいい乳首に唇を寄せ、啄むようにキスをする。

「っ……！」

とたんに息を詰める反応にさらに興奮が増していき、矢尋は彼の足下に跪いた。

目の高さになったベルトのバックルを外してハーフパンツの前をくつろげ、そっと下着をずらせると、窮屈そうにしていた雄茎が目の前に現れる。

「あ！　……理久、これ……すごく、大きい」

正直な感想を口にしたら、理久は困ったように苦笑した。

「ちょ……あんまり見ないでください。なんか、もうこんなになってるの……恥ずかしい」

矢尋はそのまま足首まで下ろしたパンツを、下着ごと引き抜いた。

互いの息があがり、矢尋は昂揚のまま雄茎を掌で包み込んで扱《しご》いたが、それはいっそう体積を増していき……興奮はやがて不安に変わっていく。

「ホントにおっきい。こんなの、俺……大丈夫かな」

腹に亀頭がつくほどしなった竿の裏側には太い血管が何本も這い、その生々しさに生唾《なまつば》を飲んで唇を寄せた。

竿の根元から天を向く亀頭に向けて裏筋を舐めあげるたび、舌先に熱い血管が脈打っているのをリアルに感じる。

何度も舐めていると、やがて嗄《か》れた声で「咥えて……」と乞われしまい、恐る恐る小さい

口を懸命に開けてペニスを口腔に含んだ。

「っ……矢尋さん」

両頬が視覚的に凹《へこ》んでいるのがわかるほど強めに竿を吸いながら、頬の内側の柔肉や歯列の裏側を意識的に亀頭にこすりつける。

ぐちゅぐちゅと淫猥な水音を立ててしゃぶっていると、おもむろに側頭部を両手で挟まれ、乱暴になる一歩手前の力加減で顔を前後に揺さぶられた。

「んぐっ……ぅんん！」

キングサイズのペニスはすぐに矢尋の喉奥に届いて、苦しげに顔を振るとそれがさらなる快感に繋がるのか、ややあってから理久は呆気なく暴発した。

「矢尋さん……すみませ……っ！」

「………んぅうっ」

咽頭の奥に灼熱の精子が繰り返し叩きつけられ、嗚咽をこらえようとして生理的な涙が目尻からいくつも転げ落ちた。

すべてを矢尋の口内に出しきると、ようやく怒れる凶器が口腔から糸を引いて引き抜かれる。

限界まで広げさせられていたため顎に力を入れることもかなわず、だらしなく開いた唇の端から、粘度の高い精液がどろりとあふれて顎を伝い落ちていく。

その様は、想像以上に理久の視覚を揺さぶり強烈な印象となって己の肉欲に直結した。

「なんか、無茶してすみません……少し飛ばしすぎました。でも、矢尋さんが可愛すぎるから仕方ないです……ほら、立ってください」

蕩けた卑猥な表情をさらしたまま、興奮で立てなくなっている矢尋の腕が摑まれて引き起こされる。

「あの……俺だけ裸なんて変だから、矢尋さんも脱いで。全部…俺に見せてください」

思いの外、余裕のない様子で服を荒々しくむしり取られて全裸にされ、シーツの上に背中から倒れ込んだ。

「あっ！　ちょ……待って」

仰向けに転がされた矢尋が不満もあらわに肘を立てて上体を起こしたが、理久はそれが気に食わないとばかりに肘を摑んで引き倒し、後頭部がやわらかいピローに沈んだ。

「矢尋さんばっかりずるい。俺もあなたに触りたいのに、もうだめです。交代してください」

「ちょっと待って。まだだって。俺に、もう少し…させてよ」

「だめです。はっきり言っておきますが、きっと俺の方があなたに触りたいと思ってる」

「嘘。そんなの信じられない。だって理久、男としたことないくせに」

「黙って」

抵抗と苦情を封じるように深く舌を口腔に押し込んだ理久は、唾液を混ぜるようにしてキスを深める。

すると呼吸が苦しくなった矢尋の喉が震えて、嗚咽のような音が漏れた。

能動的になった理久に性急に求められ、野性味を帯びた彼がすごく怖いけれど嬉しさが上まわった。

長いキスの間中、理久は身体の下に組み敷いたなめらかな肌を掌で味わうように、隅々まで撫でまわしていく。

しっとりした肌理《きめ》の細かい肌は白くてみずみずしくて、飽くことなくあちこちに触れていると、やがて指先が硬い胸の尖りを引っかけた。

「ぁんっ」

甘い音が鼻腔を抜けてキスがほどけると、理久は胸の上に並んだ小さくて赤い花芽を物欲しそうに眺める。

「理久、やだって。そんな見るなよ」

ろくに触ってもいないのに、すっかり尖って赤さを増した乳首を見られることが恥ずかしくて、両手で女みたいに胸を隠してしまう。

「ふふっ。可愛い……ねぇ見せて。矢尋さん」

「やだよ……おまえ、目がやらしいもん」

「どうして？　だって、やらしいことしてるんですから、やらしくて当然でしょう？　ほら、手、どけてください」

むずかる子供みたいな仕草で矢尋がいやいやと首を横に振ると、仕方ないですねと言って手首を摑んでバンザイの形でシーツに縫い止められた。

「綺麗……矢尋さんのここ」

「やだ。恥ずかしいから、本当にそんな見るのはやめてって」

「乳首、本当に可愛いですね。こんなにピンと立ってて。あのとき……あなたが毅士さんに抱かれているとき、本当はすごくこの乳首に触ってみたかった。頭で想像しながらあなたにキスしてたんです。触ったらどんな感触なんだろう……やわらかいのか、硬いのかなって」

「やだ、そういう恥ずかしいこと言うなってば」

「やっとたくさん触れる。すごく……嬉しい」

「馬鹿……理久……あ、あぁ。あんっ」

いやいやする矢尋の耳殻を甘く嚙《かじ》りながら、理久は凝った乳首を指先でそっと摘《つま》む。

それだけで息を詰め、今度はピンと弾いたら、かわいそうなくらい全身がびくんと跳ねた。

「感じやすいんですね。乳首、弱いの？」

「ぁ、ん……そんなの…わかんない。でも、触られたら力が抜けて、ゾクゾクする」

正直な感想を伝えるやけに素直な相手に、理久は満足してほくそ笑む。

「それって、乳首が弱いって言うんですよ。ね。ここ……どうして欲しい？　嚙ってもいい？」

「え？　ぅん……理久なら、いいよ。嚙っても。あと、吸われるのも好き……お腹《なか》のあたりがぎゅってなる」

「ふふ。いいですよ。たくさん嚙ってあげます」

理久は窄めた唇に乳首を浅く含んで咬《か》み、そのままわざと水音を鳴らして乳頭だけを舐めまわす。

興奮をまき散らす甘い喘ぎを聴覚でも堪能しつつ、乳首を吸いながら引っ張りあげ、痛みを感じる手前で放す。

ちゅぱんっという淫音が室内に鳴り渡った。

「あふ……ぁん。やぁ……恥ずかしい。でも、気持ちい……」

指と唇を駆使して、理久は何度も何度も左右の乳首を交互に責め立てて愛撫《あいぶ》する。

やがてそれは、ぬらぬらと濡れ光り、かわいそうなほど真っ赤に充血して尖りきった。

「そんなに、気持ちいいの？」

「……ぅん。ぁ、はふぅ……気持ちい。乳首……咬まれるの、好き。気持ちいいよ……あぁ」

「ごめんね。でもあんまり美味しくて、ちょっと強く咬みすぎましたね。痛かった？」

「いい。痛いのも……ほんとは好き。でも痛いよ」

実直な答えは、理久の嗜虐心を満足させた。

「やらしい矢尋さん。可愛い……すごく可愛くてたまらない。そう言えば、乳首だけでイけるんでしょう？　試してみます？」

指先で少し触られても痛いほど乳首が熟しきったとき、矢尋の肉茎はすっかり勃起し、鈴口がぱっくり開いて淫蜜を垂れこぼしていた。

「やだよ！　乳首だけなんてだめ。もっと触って、他のところ……お願い。ここも……」

矢尋はゆるりと腰を浮かしてみせる。

「ふふ、こっちもやらしいですね。あぁ、こんなに泣いてますよ。本当にやらしい身体だ」

竿を伝う濃い蜜を指に絡めた理久は、その粘度を知らしめるように矢尋自身の腹部に塗り込んできて、粘つく音が想像以上にいたたまれない。

「ごめん。ごめんな理久……俺、こんなやらしい身体で。すごく……恥ずかしい」

「矢尋さんは馬鹿ですね。やらしいあなたもとても可愛くて興奮する。ここも舐めていい？」

「ぁ……もうだめ！　だって俺、また……」

このままでは、昨夜みたいにまた口淫だけでイかされてしまう。

そう危惧《きぐ》した矢尋は、逞しい身体を押しのけて身を起こすと、ふたたび理久と上下入れ替わって、筋肉質な腹部を跨《また》いで膝立ちになる。

「お願い理久。今夜はちゃんとセックスしたいんだ。おまえはいやかもしれないけれど、一度だけでいいから……ちゃんと繋がりたい。理久に……俺のことを抱いて欲しいんだ」

あまりにも素早い動きに呆気《あっけ》にとられる理久の引き締まった腹部に、反り返った矢尋の鈴口から垂れた蜜が落ちた。

「あなたは馬鹿ですか？　さっきも言ったでしょう？　そんなの、お願いされなくても俺の方が矢尋さんに触りたいし抱きたいんですって」

「でも、俺は男だし……理久の気が変わらないうちにさ……早くしよう」

こんなに性急になる自分が浅ましいし情けないけれど欲望には勝てなくて、矢尋は手を伸ばしてベッドの宮に置いたセックスローションを取った。

でも、恐れることが一つ。

男と寝たことのない理久が、いざとなって男の身体を抱くことを嫌悪するかもしれないということ。

それでももう昂《たか》まりきった矢尋の肉体は、中に雄を埋め込まれて激しくこすってもらえなければ狂ってしまう。

「あの。それ、なにに使うんですか？」

「いいから黙ってて。できればさ、少しだけ目を閉じていて欲しい」

そんな要求が来て、理久は首を傾げた。

「目を閉じる？　どうしてですか？」

「恥ずかしいし……おまえだって実際に男となんて、できないかもしれないだろう？」

「それ…どういう意味です？」

「たまにいるんだよ。初めてするとき、いざとなってやっぱり女でないと無理だっていう奴が。理久がそうだったらさ、さすがに俺……立ち直れないからさ」

矢尋がこれまで、どんな辛い恋愛をしてきたのかが理久にも少し伝わった。

「だから目を閉じていろってこと？」

「だって、見えなきゃ女とやるのとそう変わらないと思うんだ。それがいやなら、智のことを想像しながらしたら萎えないだろう？」

その名を口にするのは、さすがに辛くて、急に涙腺《るいせん》が熱くなる。

「あのね矢尋さん、なに馬鹿なことを言ってるんです？　そんなはずないでしょう？」

「でも、わかんないだろう？　だって……あぁっ！」

偏見に満ちた個人的価値観を押しつけられた理久は、仰向けになった状態でいきなり腰だけを高く突きあげた。

瞬間、凶悪なサイズのペニスが、剥きだしの矢尋の尻の狭間に欲を持ってこすりつけられる。

「あぁ！　ちょ……やぁ」

　それは男性の裸体を前にしても少しも力を失っていないし、むしろ暴発しそうなくらいの熱を孕《はら》んでいた。

「どうです？　これでも、そんな不安になりますか？　俺、男とセックスしたことないって言いましたけれど、やり方は想像つきます。萎えるどころか、今すぐにでも矢尋さんの中に挿《はい》りたいくらいです。ほら、わかるでしょう？」

「あ。だめ……それ、熱い。硬くて……理久、そんな何回もこすりつけないで……やぁぁ」

　理久自身の先走りで濡れた竿が何度も双丘の狭間を上下に移動して、その熱くて濡れた感触に全身が興奮してぶるりとおののく。

　いつ自分の中に潜り込まれるかわからない状況に早く早くと気が急いて、血が騒いで腰がたまらずに揺れてしまった。

「可愛い……矢尋さん。怖いの？　それとも興奮してる？　ねぇ、早く挿れたい。奥まであなたの中に挿りたいよ。どうすればいいんですか？」

「あ、ぅん。わかった。待って……ちゃんと俺が……準備するから、少しだけ待って」

　腹筋の割れた腰を跨いだ体勢のまま、矢尋はセックスローションを取って掌に押し出し、それを指で練ってから自らの後孔に塗りつける。

　周囲を濡らしたら今度はゆっくり指を中に含ませ、馴染《なじ》むのを待って上下に動かした。

さらに指が届く限界まで入れて奥まで濡らし、指の本数を増やしていく。

「あぁ……は、あぁ……ぅん」

自慰のような淫行を下から食い入るように見られることで感度と興奮が増し、いやらしい声が次々と漏れる。

矢尋の表情や、皮膚や筋肉が引きつるさまも、そのすべてを見逃すまいとする理久だったが、ついに我慢できなくなって自らの指を矢尋の指に沿わせるように同時に潜り込ませる。

「あっ。あぁ……や！　指。理久の……指、長い」

「……そうですか？　あなたに気に入ってもらえるといいんですが……すごい、矢尋さんの中、熱くてとろとろで…うねってる」

いつの間にか矢尋の後孔には節の高い指が三本も挿入され、まるで性交のように荒々しく抽送されている。

小振りで形のいい尻が同じリズムを刻んで上下に揺れ始めると、理久はたまらない様子で肺にたまった熱い息を解放する。

そのまま細腰を片手で摑んで位置をずらせると、指を出し入れさせるリズムと同調させながら、互いの雄茎を上下にこすり合わせた。

二つの動きが同時進行でなされると、まるで理久とセックスしているような錯覚が起こって、痺れた身体が大きくのけ反る。

「んあぁぁ。だめだよ理久……今夜は、俺がするって最初に言った…のに。待っててってば」

「そんなの無理です。早くあなたに触りたいし挿れたい。もう限界だから……挿っていいですよね?」

切羽詰まった声で性急に許可を求められるが、先ほど見た桁外《けたはず》れのサイズに臆した矢尋は、まず自分のペースで挿れさせて欲しいと懸命に懇願した。

渋々納得させられた理久だったが、やがてローションでほぐされた後孔が竿の頂にかぶさって、とば口が誘い込むようにして血管をまとったペニスを飲み込んでいく。

理久は初めて味わう嚙むような締めつけに息を浅く繰り返しながら、過ぎた快感にめまいを覚えていた。

「っ……矢尋さん」

やがてすべてを中に収め、理久の股間の上に完全に尻をついて座り込んだとき、矢尋の肌はつややかに紅色に染まって汗が伝っていた。

「理久…っ…」

濡れた髪に手を入れて優しく梳くと気持ちよさそうに手首に頰をすり寄せてきて、理久は困ったように微笑む。

「可愛い……矢尋さん。なんだか、猫みたい」

それから矢尋は自分のペースで快感を追うように穏やかに動き、とても気持ちよさそうに理久の上でゆったりと腰を揺らめかせる。

甘い快感に酔いしれる様子は壮絶に扇情的で、理久はついに我慢の限界を迎える。

「矢尋さん！」

理性が沸点を超えたとき、理久は下から貪欲に細腰をガンと強烈に突きあげた。

「ひぅっ！」

張り出した亀頭が熟れた肉襞を深く抉って未知の領域に達すると、目の前がチカチカするような迷彩の悦に涙があふれる。

「やぁ！　そこだめ。そんな急に……まだだめ。待って。ゆっくりして。そんなに急いで動かないでよ」

理久にとってあまりに無茶な要求を平気で口にする矢尋に対し、今度は素直に下手に出る作戦で白旗を振ってみせる。

「そんなの無理ですよ。もう我慢なんてできない。だって、本当に待てないんですって」

言葉が終わらぬうちにウエストを爪が食い込むほど強く摑まれ、そのまま壮絶な力加減で上下に揺すり倒される。

「ぃあ――――！　そんな…や、あぁ、んぅ。はぁぁぁ」

スプリングの効いたベッドの強い反動を利用し、振幅の大きなピストンで下からガンガン責め立てられた矢尋は、まともに呼吸さえできなくなった。

それでも追いあげられるスピードに並行するように、甘い疼きが全身を浸食していく。

理久と一つに繋がっていることの幸福感で、ただ胸がいっぱいになった。

普段とは違うセックスの甘露な高揚感に、矢尋は戸惑いながらも溺れていく。

本当に好きだと思える相手とのセックスは、なにもかもが極上だった。

媚襞《びひだ》を亀頭のカリで何度も刮ぎ倒され、矢尋の身体は芯から疼いて熱があふれだす。

芯を失った華奢な身体は理久の上で淫らに舞い踊らされ、疼きが全身に拡散していく。

中を満たす甘露な痛みさえ愛おしかった。

「理久、理久……あぁ………気持ち、いい……」

爛《ただ》れた襞《ひだ》を蹂躙するようにこすられると脳天まで突き抜ける愉悦が生じるが、それは矢尋の想像を遥《はる》かに超えていた。

「くっ……きつ、矢尋さん……気持ちいい？　でも、もっともっと気持ちよくしてあげる」

そう言ったとたん、繋がったまままもう一度身体を入れ替えられ、視界が急に反転した。

「ひぐっ！　んぁぁあっ………やだ、痛っ」

再びベッドに仰向けに倒されて腰が敷布に沈むと、それをすくいあげて理久が引きつける。

「矢尋さん、俺から逃げないで。こっちに来て！　ね？」

ぐっと結合が深まった。

「うあぁぁっ。ぁ……あ、いぁぁ」

見開かれた瞳がすっかり喜悦に赤く染まって、ぼろぼろと涙がこぼれ続ける。淫らに啼き濡れながらも、突きまくられる最奥に神経を集めて悦を追っていると、突然目の前に己の分身と両足が浮きあがるのが見えた。

「あぁぁあっ。深い。そんな深いのは……無理…やぁぁ」

まるで腰から二つに折りたたむような無理な体位で、凶悪なペニスが深々と埋められていく。

「やめて……そんな奥は……怖い」

「っ………どう、して?」

「……ぁぁ、だってまだ、知らない…から」

「だったら俺が教えてあげる。深いセックスは気持ちいいでしょう?」

ずくんずくんとリズムを持って後孔の媚肉を犯される甘い振動が、矢尋をさらなる狂乱の淵《ふち》へと貶《おとし》め、狂わせていく。

「やだぁ！　もうそれ以上、奥に挿れないで。お願いお願いもう無理だよ。挿らない」

「嘘。だって、まだまだ挿ってくよ？　奥が気持ちいいんでしょう？　さぁ矢尋さん。もっと俺を悦《よろこ》ばせてください。この中、俺のが動けないほど締めてみせて」

意識しなくても矢尋の蜜孔は収縮を繰り返して、深くまで刺し込む凶器を悦ばせ続けている。

ぎしぎしと鳴りながらベッドが激しく揺れ、互いの結合部も濡れた蜜で卑猥な音を奏で続けている。

「理久…ぁぁ。んぁぁ……硬くて…持ち、いいっ」

さらに限界まで両足を広げられると、ひときわ結合が深まった。

あられもない屈辱的な姿で抱かれる矢尋は、とろんとろんに蕩けながら泣きじゃくる。

「やぁ、深い。深いよ……ぁぁぁ」

体内に埋まった大きくて硬いものが、何度も何度も出入りしていた。

「でも……気持ち、いいでしょう?」

「…うん。いい……気持ちいい。よすぎて……死ん、じゃう」

「それはだめ。まだ死んだら困ります。もっともっと、俺で気持ちよくなって欲しいから」

理性という殻を完全に暴かれ、剝きだしになった無防備な肉体に執拗に与えられるエクスタシーは極上で……。

「矢尋さ……っ……っ」

甘い声で名を呼ぶ彼が愛おしくて愛おしくて、矢尋は目の前の綺麗な頰に両手で触れた。

欲に染まったこめかみから、キラキラした汗が指を伝って落ちてきて、理久が自分の身体で満足してくれているのだと思ったら信じられないほどの幸福感でまた泣けてきた。

「ぁぅっ、理久っ……理久っ」

ぎりぎりまで追いつめられて、目の前が眩しいほどの白一色に塗り替えられた。

長く焦《じ》らされ全身を駆け巡った熱い奔流が、幸福な律動の果てについに自身の腹部に迸《ほとばし》る。

同時に、理久のペニスを包んで彼の形に馴染んでいた媚孔が絞るように蠕動し、目線の先で己のつま先が絶頂感にぎゅっと丸まった。

その直後、腹の一番奥に熱い奔流がどくどくと注ぎ込まれるのを感じる。

最上級の幸福感が涙の結晶となって、矢尋の瞳から一筋きらりと流れていった。


ゆっくりと熱が冷めていく肢体をシーツの上に横たえ、二人は穏やかに身を寄せている。

満足させられた矢尋の身体は気だるくて、睡魔が意識をとぎれさせようとするのと戦っている。

肌は触れ合っているのに、矢尋はセックスのあと一度も理久を見られなかった。

後悔しているのだとしたら、その理由は毅士を裏切ったことにではなく、自分の気持ちがどれだけ理久に向いているかを思い知らされたことに対してだ。

「ねぇ矢尋さん。あなたはこれまで、そうやってあきらめてきたの？」

不意に問われて、ようやく理久の瞳をとらえる。

「え？」

眠気を飛ばすために何度も瞬きをした。

「最初からなにも望まず期待せず、傷つかないよう自己防衛のために相手に深入りしない。常に冷静に見せて、いつでも身を引ける準備を整えながら恋をしてきた。違う？」

「そんな」

「臆病な人ですね……でも矢尋さん。今まで誰かを本気で好きになろうとしなかった俺も同じかもしれない。だからお願いです。どうか俺のことはあきらめないで」

「なぜそんなことを言うんだよ？　だって、おまえには…」

「俺を信じてください！　今はそれしか言えないけれど。どうか俺を信じて。そして教えてください。今、俺にどうして欲しいのか……」

理久に抱かれてわかったことは、この胸の疼きもときめきも本物だということ。

自分の心に嘘はつけない。

たとえどんな言葉で偽ろうとも、今の望みなんて決まっている。

俺はただ、永久に理久だけが欲しい。

でも、絶対にそんなことは口にできない。

それがこのバカンスのルールだし、智や毅士のことを断ち切るなんて身勝手は自分にはできないのだから。

理久とはセックスの相性が最高だったから、今はただ即物的な理由でいい。

だから、

「明日からここで理久と二人きりで数日間を過ごせたらいい。今だけ……それが、俺の望みだよ」

「はい。俺も同じ気持ちです……俺も、ずっと矢尋さんと一緒にいたい」

とうとう睡魔に負けた矢尋は、安心したようにまぶたを閉じる。

彼の言葉はまるで夢の中で聞こえているようで、やがてその声は矢尋の意識の深い縁へと消えていった。

そのあとの三日間、二人はほとんどコンドミニアムを出ずにこの部屋の中だけで、ただただ甘い時を過ごした。

許される限り二人で料理を作り、食べて話してセックスをして抱き合って眠る。

そんな単調な時間を繰り返すだけでも、二人でいれば本当に幸せだった。

でも……夢の時間はいつかは終わる。

明日はとうとう別荘に戻ることを、矢尋は毅士に約束させられていた。

「ねぇ矢尋さん、どうしてそんな哀しい顔をしているんです？　俺、勘違いしてもいい？」

「それは……」

天国に一番近いこの楽園にいる間だけ理久と一緒にいられたらいいなんてこと……嘘だ。

本当は今だけじゃなく、もっとずっとこれからの未来を理久と一緒にいたい。

「矢尋さん？」

「おまえだって、さっきからなにか考えていて、ほとんどしゃべらないくせに」

「……そう、ですね」

理久、なぁ、もしもルールを……。

……破ったら、俺たちはどうなるんだろうか。

矢尋の独白は、喉の奥で押しつぶされて音にはならなかった。

『好き』というワードは決して伝えてはいけない禁句。

それでもここで何度も彼と身体を繋いだとき、肌を通して痛いほど互いの熱い想いは伝わった。

たとえ、一度も想いを口にすることはできなくても。

【6】


矢尋と理久が戻ってきた朝、四人は再び別荘のリビングルームで合流していた。

智は奥のキッチンで朝食を作っていて、毅士は矢尋と理久が座るソファーの向かいに腰掛ける。

だが彼らはそのことに気づきもしないで、夢中でなにかを話していて……。

そのとき、毅士は明らかに矢尋と理久の間に流れる空気感が、以前と変わっていることを感じ取ってしまった。

三日前、矢尋から電話があって、しばらく別荘で理久と二人で過ごしたいと告げられたときに少しの違和感はあったものの、自分も智とのセックスに夢中になっていて、即物的な状態で了承した。

でも、まさかたった三日で二人の関係にこれほどの変化が起こるとは予想の域を超えている。

目の前の矢尋がなにか理久に耳打ちし、今度は理久が優しい仕草でその肩を抱いた。

決定的な光景を目にしたとき、毅士は今まで感じたことがないほど心がざわつくのを覚えて確信する。

矢尋に対してこれまで寄せていた確固たる信頼が、今は崩れ去って存在しないということ。

その事実は、意外なまでに毅士を打ちのめした。

確かに今までの毅士は男女にかかわらずモテたから、誘われれば何度か矢尋を裏切って遊んだこともある。

それでも断言できるのは、自分にとって他の誰かとセックスすることは完全に遊びの範疇で、矢尋だけが特別だった。

だから誰かに「恋人がいるか？」と問われたら、ちゃんと頭の中で矢尋を思い浮かべ、「いる」と伝えた。

今さら言い訳がましいが、矢尋は自分のある程度の遊びを黙認してくれる寛容な相手だと思っていた。

だがそれは、手前勝手な思い込みだったのかもしれないと今さら気づく。

もしかしたら矢尋が浮気に寛容だった理由は、毅士自身にそれほど執着がなかったということにならないだろうか？

毅士は焦る気持ちを抑えられずにいたが……。

これが明確な嫉妬だと気づくのに時間はかからなくて、だからこそすぐに動いた。

「矢尋、お帰り。なんだかずいぶん久しぶりな感じがするけれど、三日間どうしてた？　俺はおまえがいなくて、本当に寂しかったよ」

毅士は素早く矢尋の隣に移ると、まるで理久から奪うように肩を抱いて引き寄せる。

「もうすぐ朝食ができるから、キッチンに移動しようか」

猫なで声で誘うと、矢尋をテーブルまで連れていって隣には当然のごとく自分が座った。

確かに三日前までは、矢尋の隣は毅士の指定席だったから。

とはいえ、二人の様子に憮然としてしまったのは、置いていかれた理久だった。

めずらしく眉間を寄せた険しい面立ちで毅士を見ていると、智がキッチンから顔を出した。

「あ、理久！　それに矢尋さん。お帰りなさい！　今朝《けさ》はスクランブルエッグとベーコンにしたよ。あとフルーツサラダを作ったからたくさん食べて。ほら理久、こっちに来たら」

大きなサラダボールを運んできた智が、無邪気に笑って理久をテーブルへ誘う。

以前のように、テーブルの窓側に矢尋と毅士が座って、その向かいには理久と智。

前と変わらない笑顔の智と、なにか企んでいるような毅士。

そんな中、矢尋と理久だけが確固たる違和感を感じていた。

だってこの三日間、理久の隣にはいつも矢尋がいた。

矢尋の隣に理久がいることは、あたり前で自然なことだった。

そう、昨日までは……。

夢物語がいつか終わることを、矢尋は現実として強く意識する。

「矢尋、これ食べてみるか？　昨日、地元のマルシェに行って買ってきたキウイ。日本のとは違って味が断然濃いぞ」

　そう言った毅士が、輪切りのキウイを指で摘んで勧めてくるのに戸惑ったが、それでも矢尋は彼の手から直接食べた。

　しずくが指に垂れると、それを毅士はまるで理久に見せつけるようにして舐め取る。

　その態度が、理久にとってはずいぶん挑発的に映ってしまった。

　気まぐれな演出家の気質が現れ始めた毅士に、二人はなんとか平静を取り繕う努力をしていた。


　食事が終わって毅士と矢尋が洗い物をしているとき、理久は智を捕まえて訴えた。

「悪いけれど、俺はもう矢尋さんに嘘をつきたくない。だから、本当のことを話すよ」

　それに対する智の答えは、やはり以前と変わらない。

「なんで？　どうして！」

「どうしてだって？　あぁ、そうだな。その理由は以前、智が俺に指摘したとおりだよ。俺は矢尋さんを本気で好きになった。だからだ」

　もう完全に開き直った答えに、智は顔色を変える。

「そんな……ねぇ、お願いだよ理久！　この旅行が終わったらちゃんと毅士さんに話すから。帰国するまで待って！」

同じ懇願を繰り返す智だったが、理久はきっぱりと宣言する。

「ごめん。俺はこの先も絶対に黙っていられる自信はない。だから先に謝っておく」

もうそれ以上話すことはないと、理久は冷たく背を向けた。


朝食のあと、彼らは別荘前のプライベートビーチで過ごすことになった。

智はデッキチェアーでゆったり過ごしていたが、矢尋は毅士に誘われて環礁でシュノーケリングをしていて、理久はボードセーリングに興じている。

本当は少しでも矢尋と一緒にいたいと望んでいた理久だが、ずっと毅士が彼の傍にいてつけ入る隙がなく、いらだちが募っていく。

昼どきになると、智がパエリアとピザのデリバリーを頼んでくれた。

パラソルの下でランチをとったあと、缶ビールを片手に毅士が提案する。

「さっきこのあたりの潮位を調べてみたら、今からちょうど引き潮になるらしい。だから前に話をしていた、あのラグーンに囲まれたヘブン島に行ってみないか?」

午後になって、四人はビーチから百メートルほどの沖にあるヘブン島に、八人乗りの大きなゴム製ボートを漕いで向かうことになった。

やがて島の環礁あたりまで来ると、理久はそこで碇《いかり》を下ろして周囲の安全を確かめる。

「今なら潮の流れも穏やかだし、智もここなら浅瀬もあるしシュノーケリングを楽しめるだろう？」

「うん。でも……大丈夫かな？」

「そう言うと思ったから、浮き輪を持ってきた」

理久が折りたたんだビニール製の浮き輪をボートから取り出し、あっという間に空気を吹き込んでふくらませる。

「ほら、ボートから降りてみろよ」

「うん。でも、ちょっとだけ怖いな。理久……手を貸してくれる？」

「あぁ」

そこは浅瀬になっているので海に入っても足が立つ深さだが、それでも泳ぎが苦手な智は怖がって、理久が先に降りて手を差しのべる。

「さぁ、ここなら智の背でも絶対に足がつくから安心していい。おいで」

智はゆっくりとボートの端に座ってから海水に足を浸す。

差しのべられた力強い腕に支えられ、するりと尻をすべらせて水に入ったが、やはり怖いのか理久の首根っこに両腕をまわして抱きつく。

「怖いっ」

がっしりと智を抱き留めながら、理久はあやすようにその背中を撫でてやる。

その仕草はどう見ても恋人をなだめる彼氏にしか見えなくて、矢尋はすっと真顔になった。

「大丈夫だって。足、下ろしてみろよ。ちゃんと立てるからさ」

笑いながら諭されると、智は恐る恐る足を下に向かって伸ばす。

「あ。本当だ……立てる」

目を丸くしている智の発言が面白くて理久が笑いだすと、つられて毅士も智自身も笑った。

だから矢尋もなんとか笑おうと努めたが、頬を引きつらせるようにしかならなかった。

「智、シュノーケリングに飽きたらビーチに戻ればいい。今は潮の流れも穏やかだし、ボートは漕げるよな？」

「それは得意なんだ。うん。飽きたらビーチに戻ってる。でも、早めに帰ってきてね」

「そうだな。わかった」

智をラグーンに残した三人は、ヘブン島の際まで浅瀬を進んでいく。

島に近づくに従って、ラグーンはまた深くなってきた。

「見えますか。ほら、あそこ」

潮が引いたせいで、島の南側にある高い崖の根元が海面から顔を出している。

「中央あたりに、少し崖が裂けているところが見えますか？」

理久は指で崖の亀裂を指し示す。

「あぁ、わかるよ」

「あの亀裂の下あたり。海面から三メートルほど垂直方向に潜った場所に、人が一人通れる狭い洞窟があって、それが海面と平行方向で内海に向かって十メートルほど伸びています」

泳ぎに自信のある毅士が、矢尋の方をちらりと見てから理久に尋ねる。

「十メートルだと、矢尋には少しきついかもな……で、潜水時間はどのくらいだ？」

「泳ぐスピードにもよりますが、おそらく一分半ほどです。洞窟の中には上部に空気穴もありますが位置がわかりにくいので、一気に泳ぎ進む方がいいでしょうね。抜けたら三メートルほど上昇すると内海の海面に出ます」

理久も配慮して尋ねた。

「矢尋さん、どうします？　やっぱり無理そうなら、やめてもいいですよ？」

海での事故は命を落とすことに直結しているのはわかっているが……。

「ここまで来て今さらやめるなんてやだよ。俺は大丈夫だって」

「……わかりました。なら、俺が先頭で矢尋さんがその次、毅士さんには一番うしろをお願いします。もし途中で苦しくなっても、俺たちがなんとかしますから」

「うん。それだと心強いよ。ありがとう」

「まぁ心配すんなって。俺がちゃんとおまえを守ってやるよ」

矢尋の肩を力強く抱く毅士の姿は、優しい彼氏そのものといった様子で、理久は目を逸らすように二人に背を向けてゴーグルを装着する。

「じゃあ、俺が先に行きます。洞窟の中に入ったら、壁に出っ張っている岩を掴むようにして進めば体力の消耗も抑えられるしスピードが増します。今なら洞窟の中まで光が届いていますから、視界もいいと思います」

理久は二回深呼吸をしたあと、ゆっくりと潜水した。

「矢尋、あわてるなよ。俺がうしろにいることを忘れるな」

「うん」

ゴーグルをつけて何度か深呼吸し、肺を酸素でいっぱいに満たしたあと、矢尋はくるりと前転するように頭から潜水する。

前を行く理久の長い手足が綺麗なストロークを描いて水を掻いていて、矢尋は離れないように距離を詰めていく。

背後の存在に気づいた理久が振り返って、指で大丈夫だと合図をくれた。

洞窟の中は狭かったが太陽光がなんとか届いていて、予想していた恐怖はなかった。

前を泳ぐ理久に倣って、手に触れる壁の出っ張った岩を上手く摑み、スピードをあげていく。

それでも十メートルは想像よりも長くて、洞窟を抜けたときに限界が来てしまった。

ためていた酸素を全部吐きだして焦ったとき、強い力で腕を摑まれ一気に引きあげられる。

波の音が鼓膜に届いて、自分がようやく海面に顔を出したことがわかった。

「矢尋さん！　大丈夫ですか？　水、飲んでませんか？」

気がつけば、理久の腕に抱きあげられていた。

その力強さに、一瞬感じた恐怖はすぐに消えていく。

「あ……うん。ありがと。でも、ちょっと怖かった…」

目の前にあるのはさっき智を包み込んでいた逞しい胸で、矢尋は不謹慎にもそっと頬を寄せる。

「っ……矢尋さん」

すぐに理久の長い腕が背中にまわって、痛いほどに抱きすくめられた。

強固な抱擁は、矢尋にただ安らぎを分けてくれる。

熱い肌と冷たい海水との温度差に、トクントクンと脈が速まっていくが……。

「おいおい矢尋、彼氏に嫉妬させるのが目的なら、もう充分だぞ」

背後で水音と同時に毅士の声がして、矢尋はすぐ現実に引き戻される。

まるで自分の恋人を奪い返すような強さで、呆気なく理久から引きはがされた。

「へぇ、ヘブン島の崖の内側はこうなっているんだな。外から見ているより、実際に来てみると思ったより狭い気がする。それにしても、聞いていた以上の絶景だ」

おそらく目測で、ここは学校の体育館ほどの面積があると思われる。

半分ほどは透明度の高い内海になっていて、砂浜の少し奥には天然の椰子やパパイア、バナナといった南国の樹木が実をつけている。

外海とは地下の洞窟だけで繋がっているこの内海はとにかく浅く、一番深い崖沿いの洞窟付近でも水深は二〜三メートルほどだった。

「でも理久が言った通り、ヘブン島っていう名前がぴったりの綺麗なところだな」

足元の砂は、どこのビーチよりも粒が細かくて、まるでホワイトペッパーのよう。

周囲を高い崖に囲まれているため、ここはまさに外界から閉ざされた未知なる楽園。

しばし彼らは自然が織りなす絶景に、ただただ見惚れてしまう。

「理久。なぁなぁ、あそこはなに？」

ここは手つかずの自然が大半を占めているが、浅い内海の真ん中にちょっとしたウッドデッキつきのバンガローが見える。

四隅に柱を立てて床板を敷き詰め、藁葺《わらぶ》きのような屋根を葺いたバンガロー。

側面に一切壁はなく、風通しがよさそうな日陰はとても涼しげだった。

高床の上には、籐のロングベンチが二つ並んで置かれている。

「父がここに来るとき、ゆったり過ごすためのスペースなんです。メラネシアの職人が建ててくれたんです」

「へぇ。なんか、南国って感じだな」

矢尋はそう言って笑うと、さっそく内海に入っていって観賞を始めた。

ここで泳いでいる鮮やかな熱帯魚たちは、アンスヴァタビーチで見られる種と大差ないようだが、透明度が高い分、オレンジやイエローといった魚の彩色や形の細部までがよく見えて矢尋は夢中になる。

「矢尋さん。これ、どうぞ」

どういうわけか理久が近くの樹からバナナの房を採ってきて、一本放ってくる。

「わ、なに？　これ、食べるためにくれたわけ？」

「あははは。もしあなたがお腹空《す》いてるなら食べて。でもそのバナナ、手で小さくちぎって水に落としてみてください」

「餌《えさ》ってこと？　へぇ～」

勧められる通り、バナナを剝いてやわらかい実を手でちぎって海面に落とすと、とたんに熱帯魚たちが集まってきた。

「うわ。すごい……わ、わ！　どうしよう。見て見て理久、ほら、俺の手から食べてる！」

嬉しそうに魚と戯れる無邪気な矢尋の姿を、理久はしばらくの間、微笑ましく見ていた。

しばらくして、毅士がなにを思ったのか、急にバナナを手にして矢尋に近づいていく。

「矢尋、ほらこれ」

目の前に突然、皮を剝いたバナナが差しだされ、矢尋はそれと毅士を交互に見た。

「なに？」

「美味そうだろう？　ほら。今度は矢尋が食べてみろよ」

なんとなく不穏な空気を感じ取ったが、こういう雰囲気をまとったときの毅士に逆らうとろくなことがないので、矢尋は仕方なく口を開けたが。

「違う違う、舐めるんだ。根元からそっと。さぁ、やってみろよ」

「ちょ、毅士? なんで!」

矢尋の反論はもっともだが、今の毅士は絶対的なオーラをまとっている。

「いいだろう? 熱帯魚と戯れる可愛い矢尋を見て、実はムラムラきたんだって。ほら早くしろ」

毅士の背後に立っている理久も不穏な顔でこちらを見ていたが、矢尋は仕方なく彼の言う通りに舌を出してバナナの裏側を、根元から舐めあげた。

「もっとだ。そう……やっぱりおまえはいつもフェラが上手いよな」

命じられるまま仕方なく卑猥な行為を続けていると、不思議なことにだんだん酩酊《めいてい》したような状態に陥ってくる。

理久も驚いてはいるが、まるで己のペニスをフェラチオさせているような倒錯的な感覚になっているようで、食い入るように見つめていた。

「美味いか矢尋? そろそろ、本物が食べたくなってきたんじゃないか?」

「おまえ、最低! 下品!」

このままだと、毅士の妙なテンションにまた巻き込まれてしまうと恐れた矢尋は、憤慨した様子で背を向けて拒絶したが……。

いったん、変なスイッチの入った毅士から簡単に逃れられるわけはなく、強引な腕に捕まってしまう。

「やろうぜ矢尋。俺がこのヘブン島で、文字どおりおまえを天国に連れていってやるよ。さあ、お楽しみの時間の始まりだ」

「ちょ……待てよ。そんなの…冗談だろう？　どうして！　こんなところでなんていやだ」

「ふ～ん。場所の問題なのか？　違うだろう。やりたくない理由は、理久が見ているからじゃないのか？」

「そ、れは……」

否定はできなかった。

自分が毅士に抱かれるところなんて、もう二度と見られたくはない。

「今朝、別荘に帰ってきた矢尋と理久を見て、すぐに俺の勘が働いた。矢尋はこのバカンスのルールを破ってるんじゃないかってな。改めて念を押しておくが、このスワップで許されるのは身体だけだ。それも、帰国するまでの期間限定のことだからな。わかってるよな？」

改めて念を押されると、切なさが苦味となって喉元にこみあげてくる。

「……そんなの、わかってるよ」

「だったら問題ない。ここで俺とのセックスも愉しめるはずだろう？」

こうやって逃げ道に一つずつ蓋をしていくのは、いつもの穀士の手法だった。

「そんな……いやだよっ」

たしかに矢尋の心情の変化について、今朝の二人を目の当たりにした穀士が疑うのも無理はない。

すでにその心は、恋人から離れかけているのかもしれないのだと……。

「ふ～ん。素で抱かれるのがそんなにいやなら、そうだな。矢尋に役を与えてやるよ。これはおまえが主演の舞台だと思えばいい。それならできるだろう？」

「は？　………なに？」

「おまえはこんな最高のロケーションで、二人の情人に愛される女を演じる。どうだ矢尋、こんな色男二人にたっぷりと愛されるなんて、最上級の幸福だろう？」

「は？　まさか…三人でするっていうのか？」

「まぁな。理久が合意してくれたらの話だけれどな」

理久に視線を移すと、彼はさっきのフェラチオもどきの矢尋にすっかり毒されているようで、欲に染まった目をして事態の展開を見守っている。

男というのは、なんと本能に忠実で悲しいものか。

「理久、おまえがいやなら別に参加しなくてもいいから見ていろよ。俺たちが愛し合うところをな」

演出家は時に人を怒らせたり挑発したりして好演を導きだすのが仕事で、心を操るのが本当に上手い。

「……いやです。ここで見ているくらいなら、俺も……一緒に」

理久の答えを聞いて矢尋は耳を疑ったが、それでも延々と毅士とのセックスを傍観されているよりは幾分かましだろうか？

「矢尋、聞いたか？　理久も交ざってくれるそうだぞ。さぁ、どうする？」

毅士はポケットからセックスローションを取り出し、中指を立てて見せてからその指を卑猥に舐めた。

「え……なんでそんなもの、持ってるんだよ……！」

「別に、たまたまポケットに入っていたんだ。なんでだろうな？」

そんなわけはないと今さら気づいても遅いし、手遅れだ。

おそらく毅士は最初から、この閉ざされた島の空間で矢尋を抱くつもりだったのだろう。

理久と二人で。

もう選択肢は一つしかないとわかったが、さすがにこの美丈夫二人を相手にすることに矢尋は怖《お》じ気《け》づいてしまう。

戸惑いの心情を読み取った毅士が、強気で決断を迫った。

「さぁ、最後はおまえが決めろ。別に強制はしないけれど、どっちにしても俺は止まらない。

理久の目の前で俺と強姦《ごうかん》プレイをするのか、二人から懇《ねんご》ろに愛されるか、どっちがいい？」

　両方とも拒否るという選択肢は用意されていないなら、答えは決まっている。

　どのみち抱かれるのなら、二人に優しく愛される方がましだ。

「……わかった。なら、二人に抱いて欲しい。でも、ちゃんと俺を満足させろよな！」

「ふふ、いい子だな矢尋。そうか。やっぱりおまえは素直で可愛い。なら、今からおまえは俺たちの愛妾だ。わかったら、まずは俺と理久を色仕掛けでその気にさせてみろよ」

　最初からハードルの高い要求が来て、肝を据えてかからなければならないと覚悟する。

「……だったら、お願いがあるんだ。できればここじゃなくて、あそこに行きたい」

　矢尋は浅瀬に浮かんだ洒落たバンガローを指さす。

　美しい砂浜で抱かれるのも悪くはないが、せめて屋根と床板がある場所の方が安心する。

「いいぜ。そうしよう」

　矢尋の肩を抱いた毅士は、意気揚々と浅瀬を歩いてバンガローにエスコートしていった。

　壁のない高床のバンガローは、内海の浅瀬に建っていて風通しもよくとても涼しかった。

　床板の上には紗《しゃ》の荒織りの布が敷かれていて、肌触りがサラリとして気持ちがいい。

「それで……毅士、色仕掛けって、俺はどうすればいいいんだ？」

　だって本当にわからない。

「しょうがないやつだな。愛して欲しいなら、まず裸になって俺たちを誘ってみせてくれ」

最初にそう命じられた矢尋は、恥じらいながらも海水パンツの紐をほどき、腰から落として裸になった。

こんな太陽の下で全裸をさらすなんて、本当に泣きたい気分になる。

「今日はやけに素直だな。どうした矢尋？　もしかして、理久がいるからか？」

毅士は腕につけていたダイバーズウォッチを外すと、籐のロングベンチの上に置いた。

こういうところは、矢尋を傷つけないようにとの彼なりの優しさなのだろう。

「別に、そんなんじゃない」

正直、気が進まないのは確かだ。

ことセックスに関して毅士は変態が入っているし、理久はとにかく強くて絶倫で、二人ともアレが大きい。

そんな二人を満足させるまで相手にするなんて、とにかく怖くて震えが走った。

「それで、矢尋は次になにをしてくれるんだ？」

「なにって……わからないよ」

なにをすれば二人をその気にさせられるかなんて、女じゃないんだからわからない。

「なら考えろ。優しくして欲しいんだろう？　俺らをその気にさせたら抱いてやるから。さあ」

毅士は紗の敷布の上にあぐらをかいて座り、理久は背後にある支柱の一本にもたれかかって矢尋の出方をうかがっている。

それにしても……もしも自分が女だったら、どうやって男を誘う？

色を含んだ二人の視線が痛いほど自分に向けられていて、本気で死にたくなる。

「なぁ矢尋、わからないなら提案してやるよ。おまえがさ、一人で気持ちいいことをしている姿を見せてくれ」

「え？　は？　……そんな、マジかよ」

突拍子もない要求にぎょっと目を剝くが、躊躇すればするほど羞恥が増すのがわかるから腹をくくる。

矢尋は紗の敷布に足を投げ出して座ると、膝を立ててからわずかに開いた。

まだ萎えたものをそっと掌に包み込むと、やわやわと揉んで扱き始める。

「っ……」

強弱をつけながら上下にこすると、それは少しずつ体積を増していって息が速くなる。

こんな状況に追い込まれているのに、矢尋はまだどこかで体裁を繕っていたが、毅士はそれさえ許さなかった。

「矢尋、空いている方の手で、自分の乳首、触ってみろよ」

セックスで昂揚した矢尋はとろとろに蕩けるくせに、最初はいつだって仕方なくやらされている感を出すのが毅士は毎度気にくわない。

「そんな……どうして？」

今さら隠すものもないと思うのに、頑なな態度は今も変わらず初々しくて、だからこそそんな矢尋を攻略する愉しさに夢中になる。

こうやっていじめられることで、いっそう彼の中に籠るエロスを煽《あお》って暴きだし、快楽に震えるさまを堪能することに悦びさえ覚えていた。

まるでその感覚はゲームのようで、いまだに飽くことはない。

「理久、どうだ？　もっともっと可愛い矢尋の姿を見たいよな？」

羞恥と欲望の狭間でまだ揺れ動いて苦悩する矢尋を見おろしている理久は、矢尋をとてもかわいそうに思った。

もういっそ、欲に溺れてしまえば楽なのにと……。

でもそんな面倒で真面目な一面にさえ、どうしようもなく惹き寄せられるのは理久も毅士と同じようだ。

普段は凜と気丈な矢尋だからこそ、被虐的な顔を暴きたくなる。

「どうした理久。見たいよな？」

少し考えたのち、その場に最もふさわしい正解の台詞を口にした。

「矢尋さんが見せたいなら、見たいです」

ようするに、これからの淫らな行為が己の意志によるものだと、自らに認めさせるのが毅士の狙いだ。

ならば、このセックスは三人の合意のもとに行われる愛の交歓となる。

矢尋は目を閉じて、胸の上に並んだ小さな花芽をそっと左手の指でなぞった。

「うん……っ」

そこはさっきから自ら嬲っている雄茎の悦に連動し、すでに少しだけ立ちあがって桜色に染まっている。

何度も押しつぶしていると、また命令が来た。

「おい、右手を休めていいなんて言ってないぞ。竿を扱きながら乳首を摘んでみろ。気持ちいいから」

言われるままに右手を動かし、左手の親指と人差し指で尖った乳頭をくりくりと揉み扱く。

「っ……あぁっ」

両方の性感帯から押し寄せる波に肌は電気に触れたようにビクビクと痙攣し、矢尋は羞恥と淫欲の混ざった瞳を瞬かせる。

やがて自慰を強要されている右手の動きが速くなって、鈴口の割れ目がぱっくり開いて粘度の高い蜜をこぼし始めた。

扱いている指と陰茎の間がぬるついて、にゅちゅ、ぐちゅっという淫音がやけに大音量で耳に届く。

他人の前で自慰をして射精するなんて最上級の辱めだったが、もう我慢できなかった。

一刻も早く、最高の快楽を得たい。

そんなふうに究極の頂点を目指して駆けのぼる矢尋を愉しげに眺めながら、毅士は乾いた唇を舐めて湿らせ、新たな指令を下す。

「もういい矢尋、手を放すんだ」

今、それはあまりにも絶望的な命令だった。

「そんな……だって、もう少しで！」

極めることができるのに！

それでも毅士の言葉に従うようにと魔法がかけられているのか、逆らえない。

「やだよ。毅士……イきたいのに。もっとさせてっ」

「矢尋、一人でイくのがいいのか？　違うだろう？　おまえが一番して欲しいことはなんなのか、ちゃんと言えよ。欲しいものを俺と理久であげるから」

そんなものは、もうわかっているくせに。

自慰によって達するより、ちゃんとあそこを貫かれて得られる絶頂の方が数倍も感じる。

「毅士お願い。知ってるだろう？　してよ……もう我慢できない」

「だめだ。まだ上手に俺たちを誘えていないのに、抱いてもらえると思うか？　なぁ、理久、おまえはもうその気になったか？」

いつも強い意志を持って人生を切り開いている矢尋に、常々理久は憧憬《どうけい》を抱いていた。そんな彼がこれほどいいように扱われる姿を見て、背徳だけが与える仄暗《ほのぐら》く淫靡な悦びに満たされていく。

「いいえ。まだです。もっとちゃんと、俺たちを誘ってください」

理久の股間の欲は見た目にもわかるほど変化しているのに、彼はさらなる上級の快楽を知りたくて、矢尋の望みを切り捨てる。

「毅士……どうすればいいんだよ。どうしたらおまえらのそれ…大きいの、くれるんだよ」

涙声が切なくて、理久はこれ以上いじめることに心が折れそうになるが、毅士は容赦ない。

「今度は、そうだな……もっと足を開いて、俺たちにおまえの可愛い孔を見せてくれよ」

「やっ！　そんなことできない。なんてひどいこと！」

「俺たちのコレが欲しいんだろ？　ならやらないと。でなきゃ理久にも愛してもらえない」

「ぁぁぁ……うっ、ぅ……」

無体な要求と、これからこの身に起きるであろう淫靡な責め苦を想像し、矢尋の肌は畏怖を上まわる期待で熱くさざめく。

「なぁ理久、おまえも矢尋を抱いたんだろう？　俺の恋人の味はどうだった？　アレを埋め込んだときの中の締め具合は抜群だから、おまえもハマったか？」

そんなふうに訊かれて、理久の脳裏にはセックスの最中の矢尋の甘い痴態が浮かんだ。

自分に組み敷かれて淫らに腰をくねらせる身体を追いつめ、張りつめた熱塊で熟れた後孔を穿った瞬間の歓喜を思い出すと、理久の股間には血流に乗って淫らな欲望が集まってくる。

「……はい。矢尋さんに……ハマりました」

やはり毅士は、言葉巧みに人間を操るのが上手い。

素直な理久や矢尋をその気にさせることは、彼にとってはとても容易いようだ。

「だったら抱きたいよな。そのためには矢尋が自分で孔を広げて準備しないと。もっと足を広げろよ」

矢尋はすすり泣く顔を背けながら、命じられるまま両足をめいっぱいまで開帳していく。

「ぁ、ぅぅ……ぅ」

そうすることで、股間で勃起した肉茎と秘孔が陽光の下にさらされることになった。

「いい子だ矢尋。とても素直で可愛いよ。今度は自分で孔をほぐすんだ」

正常な精神は焼き切れ、だんだん麻痺してくる。

倒錯的な欲望に支配され、自分がただの雌に貶められ、二人の美丈夫に思うさま嬲って愛《め》でられる破廉恥な妄想ばかりが脳裏を駆け巡る。

「やだ。お願い、自分でなんて無理だよぉ……毅士がして。こんな格好、もうたまらない」

「おいおい、二人に愛して欲しいんだろう？　矢尋は俺たちを愉しませる愛妾なんだから、自分でちゃんと準備しないといけないのに。まぁいい。なら寝転がって足を広げるんだ」

「あぁぁぁ。お願いもう許して。毅士……ぁぁ…お願い」

嗚咽をこらえようとして失敗した声が喉をつぶして、まるでむせび泣きのように響く。

透明な涙が目尻から転げ落ちると、矢尋は観念して敷布の上に背中を倒した。

そのまま両膝の裏側に手をかけ、足を折り曲げながら宙に浮かせていく。

「手を外すなよ。そのまま可愛い孔が俺たちに見えるよう、もっと足をあげて広げるんだ」

矢尋は唇を悔しげに噛み締めると、限界まで両膝を広げていく。

こんな白昼の美しいロケーションの中で、自ら両足の膝裏を持って足を広げ、二人の男の前で恥部をさらけ出している。

たまらなかった。

「いいよ矢尋。よくできたご褒美に、今度こそちゃんと触ってやるよ」

毅士は目配せで理久を呼び寄せると、仰向けになってカエルのように両足を曲げて主人を待つ愛妾の足元に座った。

「知ってるか？　矢尋のこの孔は、本当に綺麗なピンク色をしているってこと」

毅士はそう言うと、持っていたローションを孔の上にゆっくりと垂らす。

周囲を指で何度も往復させて粘液を馴染ませ、ようやく小さく窄まった口に指を含ませてぐるっとまわす。

「うんん！　やっぁ」

「足を閉じようとするな。でないと今度こそ自分で準備させるぞ。ほら、もっと腰を突き出さないと上手く奥まで塗ってやれないな」

「うぅ……ひどい…」

陰部を男たちに差しだすため、腕で膝を抱えて胸に引き寄せると、尻が床から高々と浮きあがって、自分のつま先が矢尋の視界に入った。

「ふふ、なかなかいい格好だな」

みっともない姿に満足すると、毅士はそろえた二本の指を差しては抜き、中の肉襞を引っ掻くように曲げたり動かして孔を広げていく。

快感のポイントに触れられると、中がうねって指を食い締めるのを矢尋は止められず、孔の口が開閉するいやらしい様子が男たちの目を愉しませた。

「いい具合に締まるな。理久、見てないでおまえも自分の指で締めつけを愉しんでみろよ」

欲に染まった理久は肺にたまった熱い息を密かに吐きだすと、毅士の指が埋まったままの孔にゆっくりと中指と人差し指を埋めていく。

「やぁ…キツい！　ぁぅ……そんな、いっぱい、無理だって。あぁ、キツい、苦しぃ」

男の長い指が四本も埋められ、粘つく肉襞を四方八方、でたらめに引っ掻きまわす。

その感触は、なにか得体の知れない無数の軟体動物が、中で暴れうねっているようだ。

人でないものに犯されている錯覚が起こって、怯《おび》えた尻たぶがぶるんと切なく震えた。

「あふぅ……やっ……やだ。それ……ぁぁ。いっぱい、中でなにかが蠢いてる……ぁぁん」

「いいぜ矢尋。ようやく気持ちよさそうな顔になってきたな。それにしてもこらえ性のない愛妾だ。このエロい身体に我慢を覚えさせてやる。理久、このまま孔を広げておいてくれ」

そう命じた毅士は自分だけ指を抜いて前屈みになり、整った顔を後孔に近づけてく。

「ぁうぅ。な、なに？　なにするの！　やだ、それやだ、やだやだっっ！　ひぅぅぅ」

理久の左右の中指で楕円に伸ばされた皮膚と狭間を、毅士は音を立ててベロリと舐めた。

こんなことをされたのは初めてで、矢尋は愕然と目を見開く。

「やだよ……毅士。そんなとこ……舐め…ないで。お願っ…あぁいやっ！　たまらない」

毅士が用意したローションは食用ゼリーを使った商品だから、彼はそのまま舌を翻して後孔の周囲を丁寧に舐めまくる。

ぴちゃり、ちゅぷん。じゅるっ……。

いやらしい淫音が自らの恥部から鳴っていて、耳をふさぎたくなった。

さらに毅士は尖らせた舌を深く埋めてきて、刺激に弱いピンクの襞を舐め尽くす。

「ひぃぃ、あぅん。やだ……ぁぁ、やぁぁ。だめ。ぁん。ぁふぅ……そこじゃないよ。もっと…もっと奥……お願い、奥がいい」

いつしか拒絶の声は懇願にすり替わっていたが、所詮は指も舌も矢尋を満足させる性感帯まで到底届かず、快感と同レベルの不足のもどかしさが募っていく。

「どうだ矢尋？　届かないだろう？　もっと別なもので奥を可愛がって欲しいのか？」

壊れた人形のようにガクガクとうなずく。

「なら、こう言えよ」

毅士が耳たぶごと唇に含みながら、ねっとりとした息で命令を下す。

「やだ、そんなこと……言えない、恥ずかしくて、絶対にいやだよ……」

「言わないと、ずっとこのまま乳首や孔を嬲るだけで、おまえの欲しがっているデカいペニスは挿れてもらえないんだぞ。それでいいのか？」

「そんな……いやだよ。お願い、欲しい。欲しいんだ」

「だったら、ちゃんと言えるだろう？」

矢尋はきゅっと唇を噛み締めると、一気に温度が上昇した湿った声で乞う。

「……お…願いです。俺のは…恥ずかしい……孔を、二人で、犯し……て、ください」

目尻に浮かんだ真新しい涙の玉が、いくつもこぼれ落ちていく。

「なぁ毅士、ちゃんと言ったろう？　お願い早く……早く俺のここを、そのおっきいペニスで……ぐちゃぐちゃに…犯して」

ついに陥落した愛妾の可愛い要求に満足した毅士は、ようやく自らのビキニパンツを脱ぎ去った。

すでに股間の怒張は天を向いて恐ろしいほどに勃起していた。

その隣で理久も同じように全裸になる。

「さて、どうする。おまえは先がいいか？　それとも、あとか？」

「最初がいい」

「なら仕方ないな。コイントスで決めよう」


あぐらをかく理久の股間に、四つん這いになった矢尋の頭が埋められ揺れている。

「うん……ぅ、ぐぅ」

その背後では膝立ちになった毅士が愛妾の腰を摑んで揺さぶりまわし、激しく尻を犯していた。

矢尋は前後左右に穿たれながらも、理久へのフェラチオを強要されている。

抽送と同じリズムで茶色の髪が何度も前後に揺れ、そのたびに濡れた淫音をあたりにまき散らしていた。

「矢尋、理久のデカいペニスは旨《うま》いか？」

問いに答えられないのは口いっぱいに頰張っている怒張のせいと知っているのに、毅士は返事がないことを責めたあと、尻をグンと強く突き抉る。

れた。

「つ……矢尋さん。だめだよ……ちゃんと、俺の……くわえていてください」

喘ぐ暇も与えられず、すぐに後頭部の髪をやんわり摑まれ、ふたたび怒張をくわえさせら

衝撃に唇が外れて喘ぎのけ反った矢尋が、今度はがくりと前に頭を垂らす。

「うんんっ……ぁぐぅ」

ぶるぶると背中から脇腹が引きつるように痙攣しているのは、理久の手で延々と乳頭の粒をいじり倒されているからだ。

「矢尋、気持ち…いいか？　ん？　俺もそろそろ限界だっ」

張り出した亀頭のエラが媚肉を刮ぎながら突き入り、腰を引くときに狙いすましたように隆起した前立腺へと襲いかかる。

まるで示し合わせたようなリズムで、唇も尻も、その両方から間断なく揺さぶられ突きあげられ、壊れたように痩身《そうしん》が揺れていた。

「矢尋さん。俺も、ヤバイです……」

「ひっ……うんん、ぐ……ううっ。ふぅ」

上気した肌が蒸せるような甘露な汗を吹きだして、その匂《にお》いに酔わされた雄たちが獣の咆《ほう》哮《こう》をあげながら、愛妾の口腔と腸腔で一気に爆《は》ぜる。

腰骨から響くような快感が背筋を伝って脳天から突き抜けた。

目の前に閃光が走って、焦点の曖昧になった瞳が瞳孔を開く。

「あぐぅうっ」

喉の奥と腹の底に熱い飛沫が注ぎ込まれるのを感じながら、矢尋も少し遅れて弾けた。

そのままだらりと身体が弛緩《しかん》し、怒張を抜かれてもだらしなく開いたままの唇から白濁がとろりと垂れ落ちていく。

「やらしい……いい眺めですよ、矢尋さん」

顎を伝う白濁をすくった理久が矢尋の唇に精液をこすりつけてやると、欲にまみれて空虚だった瞳に挑発的な色が戻った。

もう完全にどろどろに蕩けたタイミングで、普段の凛とした意志の強い眼差しが現れると理久の心にどうしようもなく淫らな嗜虐心が生まれる。

歪んだ愛しさが募ってやわやわ背中を撫でてやると、矢尋は今度はまるで甘えかかるように鼻先をすりつけてきた。

「理久……理久、抱いて。お願い……俺のこと、めちゃくちゃに犯して」

矢尋の肌は桃色に染まって発熱していて、呼吸を整えようと肺に吸い込んだ空気が冷たく感じられた。

次は俺の番と言わんばかりに、理久が矢尋の両脇に手を入れて抱き寄せると、ぬるついた孔から毅士の怒張が抜け、背中に浮かんでいた汗が一気に流れ落ちる。

「矢尋さん。俺の膝の上に乗ってください」

言葉は敬いを含んで丁寧なのに、理久の行動はそれとは真逆で強気だった。

両足を広げさせた矢尋の尻を、対面座位の形で目的地へと落としていく。

萎えることのないペニスの先端が、ぬるつく秘唇を広げて沈んでいくと、矢尋はどこか幼子のような泣き顔を浮かべて腰をぐずぐずよじった。

無意識の痴態のすべてに理久は煽られ、己の腿に尻たぶが接着するまで深く結合する。

深さにおののいて逃げを打つ姿にほくそ笑み、浮きあがった以上に引き戻して腰を叩き込む。

「ひぁぁぁ――――っ」

あまりに深くて、背中を支えられているという安堵のもとに、矢尋は限界までのけ反った。

理久は熱い粘膜にくるまれる感触に酔いしれながら、変幻自在の肉襞が己のペニスの形状に馴染んでいくのを妄想しながらしばし待つ。

絞るように肉が蠕動すると未知なる快感が押し寄せ、理久の口から熱い充足の悦が漏れた。

「たまらない……矢尋さん。熱くて、あったかくて。ずっとこうしていたい」

「う…ん。俺も……理久と、もっとずっと……ぁん、繋がって…いたいよ」

最初は小刻みなリズムで、でもやがて大きな振幅で責め立てられ、矢尋の肢体が痙攣のように震える。

「あぁ。ぁん……いい、気持ちいいよ。理久……理久…もっと…」

極上の美酒のごとき幸福を噛み締めるように、矢尋は蕩ける瞳を涙で揺らめかせる。

男の視線を釘づけにする罪深い微笑は、悪魔に魅入られたように理久の心身を毒していく。

焦らしと荒々しさを上手く織り交ぜて抽送しながら、理久は甘露な媚肉に溺れていく。

「矢尋さん。俺もいいよ。すごくいい…あなたは可愛いくて愛しくて、もう離したくない」

「うん。うん……離さないで。もっと、もっと何度もして……俺のこと、抱いて」

矢尋は今日この場所で、同時に理久と毅士に抱かれたことにより、ついに気づいてしまう。

気づかされてしまった。

自分が本当は、誰を愛しているのかを。

たとえ誰に嘘をついてごまかせても、流れ出す血潮のような熱い想いを、自分自身に偽り続けることはできない。

罪だとわかっていても、この先もどうしても理久と一緒にいたい。

そんな矢尋の想いが届いたのか、理久は獣を射るハンターのような瞳を背後にいる毅士に向けた。

すべてを覚悟をしたことを伝えるように強い視線を浴びせながら、矢尋の媚肉を下から激しく何度も突きあげる。

「あぅん…ひ……たまらない。いいよ、理久……いい」

唯一の雌を巡っての、危険な恋の駆け引きがすでに二匹の雄の間で始まっていた。

「矢尋さん……」

「理久、理久……気持ちいい。いいよ……っっぁあ」

興奮して理久しか眼中にない矢尋の背後で、冷めた目をして二人を睨《にら》む毅士がいる。

形のいい口元が嫉妬で歪んでいき……。

「矢尋ぉ、めちゃくちゃ妬けるよ。なぁ、少しは俺にもかまってくれないか？」

そんなふうに乞う毅士が汗に濡れた背中に密着してきて、矢尋の身体は二人の美丈夫の間にサンドイッチにされて動きを制限されてしまう。

背後からまわってきた掌が乳首を弄ぶように弾き、もう片方が肉茎に絡まってきた。

「あはぁ……ふ、んんっ」

脳天を突き抜ける快感にヒクリとのけ反った小さな後頭部が毅士の肩にもたれると、すぐに無理な体勢で耳たぶを甘噛みされる。

「矢尋……おまえは俺だけのものだ。忘れるなよ。俺はおまえを絶対に手放したりしない」

まばゆい日差しの中で延々と犯され続ける矢尋の脳はすでにハレーションを起こし、思考の一切を閉じて肉欲の塊と化していく。

三人で淫らに絡まり合いながらも、やがて波が打ち寄せるように至福の瞬間が訪れる。

理久に激しく突きあげられると同時に、前を掴んでいた毅士の指が鈴口に食い込んだ。

一瞬後、細い気管がひゅっと鳴って、矢尋はひときわ高く伸びあがって射精する。

「あぁ――――っ！」

そのタイミングを逃さず、理久は細腰を摑んで深く抱き込みながら、反発するように己のペニスで最奥を一気に刺し抜く。

絞りあげるような肉襞の収縮に抗えず、理久も一番深いところで限界を迎えた。

「あぁっ………ぁ」

中で爆ぜた白濁に熟れた媚肉をしとどに犯されながら、矢尋は夢見るようにまろやかな瞳を閉じた。

がっくりと前に崩れてくる身を優しく抱き包む理久と、甘えるようにその胸に頰を寄せる矢尋。

「大丈夫？　矢尋さん……」

「うん……理久、理久。離れないで。ずっと傍にいて」

「はい、俺はずっとあなたの傍にいますから」

二人が互いの名を呪文のように繰り返す姿は、かけがえのない宝石のようなきらめきを持っていて、嫉妬が毅士を別の人格へと変えていく。

満ち足りた様子の彼らに対し、毅士は襲いくる疎外感と嫉妬を苦く嚙みつぶした。

「そろそろ潮が満ちてきますから、戻りましょう。矢尋さん、大丈夫ですか?」

矢尋の息が整う頃を待って、理久が訊いた。

「……うん。もう大丈夫」

「無理をさせてすみませんでした。あの……いろいろと反省してます」

急に殊勝になったのは、理久だけではないようだ。

「おまえだけいい子ぶるなよな。俺も反省してる。ちょっと調子に乗りすぎた……もう泳げるか?」

すでに内海に来て二時間ほど経過していて、潮位の危険を察知した三人は身支度を整えた。

バンガローの床から浅瀬に降り立ち、再び洞窟のある崖に向かって歩く。

黙々と歩いていると、先頭を行く毅士が振り返った。

「なぁ理久、おまえに一つ訊いていいか?」

「え? はい……なんでしょう」

「おまえと智ってさ、どうなってんだ?」

唐突で予想外な問いにぎょっとした理久は、平静を取り繕おうとして目線が泳いでしまう。

「……どうって、なにが……です?」

「正直、おまえから智への『恋心』とか『想い』っていうか……そういう特別な感情をまったく読み取れない気がするけれど、俺の思いすごしか？」

理久が喉まで出かかった真相をそれでも飲み込んだのは、一人でビーチに置いてきた智の顔がちらついたから。

「………」

「なんだよ。だんまりかよ……まぁ別にいいけどさ。どっちにしろ、矢尋は渡さないから」

それには反論せず、理久は先を急ぐことを優先させた。

「そんなことより、早く戻りましょう。水かさが増してきたら本当に危険ですから」

「確かにそうだな。でも悪いけど理久、先に行ってくれないか？　すぐに追いかけるから。俺は少し矢尋に話があるんだ」

すぐに了承できない理久だったが、矢尋の目を見ると彼が黙ってうなずいたので、そのまま静かに二人に背を向けて潜水を始めた。

「なんだよ、毅士……」

正直、こんな不安定な精神状態のときに、毅士と二人きりになるのはキツい。

「いいか矢尋、おまえが忘れているみたいだから念を押しておくけれど、相手に本気になるのはこのスワッピングバカンスのルール違反だからな」

ため息を落としてから見あげた毅士の目には、過去にあまり目にしたことのない嫉妬が色濃く浮かんでいて、矢尋はなにか不思議なものを見るような気がした。

「……わかってる」

「本当にそうか？　わかってるって顔じゃないから、あえて言っている。いいか矢尋、おまえの恋人は俺だけだってこと、ちゃんと覚えておけよ」

こんな毅士は知らない。

「なぁ、どうして今さらそんなに俺を縛ろうとするんだ？　今まで毅士はけっこう遊んでいたじゃないか。誰かに俺を取られそうになったら急に惜しくなったのか？　ほんと勝手だな。それに最近はあれほど智にご執心だったくせに」

「なんだよそれ。まさか、妬いてるのか？　だったら嬉しいな」

面白そうに瞳をのぞき込まれる。

「そんなんじゃない！　都合いいように解釈するな」

「……なぁ、まさか本気で理久に惚れたなんて言うなよ。たとえそうでも、俺はおまえを手放したりしないからな」

今みたいに、気分屋の毅士に振りまわされるのも前は嫌いじゃなかったけれど……。

理久を知ってしまった今は、大人げないとも取れる態度に不快感が募った。

「毅士はさ、ようするにガキなんだよ。俺のことを好きなんじゃなくて、馴染んだ玩具を取られるのがいやなだけだろう？」

もし彼が本気で自分を愛しているのなら、最初からスワップなんて勧めるはずがない。

「なにを言ってるんだ？　そんなはずないだろう。俺にはおまえだけだよ……なぁ矢尋」

毅士は矢尋の耳殻に甘く囁くように釘を刺す。

「悪いけどさ、もう俺には毅十のことがわからないよ」

ゴーグルをつけた矢尋は、気だるい身体に大量の酸素を送り込むと、潜水を始めた。


一足先に洞窟を抜けて戻ってきた理久は、ボートの上でずっと待っていた智を見つけた。

「遅くなってごめん智、大丈夫だったか？」

「うん、平気……毅士さんたちは？」

「もうすぐ来るよ」

すっかりふてくされている智だったが、理久は今度こそ揺るぎない決意を宣言する。

「なぁ智、俺……明日、矢尋さんにすべて話すから。もう決めたんだ」

それには肩をすくめて見せた智だったが、その後は言葉もなくただうつむくだけだった。

だがすでに理久の決心は固く、一歩も引く気はない。

「ちょっと俺、二人が心配だからもう一回潜ってくる」

断りを入れたとたん背後で水音がして、洞窟を抜けて浮上してきた矢尋が水面に顔を出す。

背後から、すぐに毅士も浮上してきた。

「矢尋さん！　よかった。平気ですか？」

苦しげに呼吸を繰り返している彼に、理久は急いで近づこうとしたが……。

うしろにいた毅士が矢尋の肩をしっかりと抱き込んで睨みつけてきて、まるで近づくなと警告されているように見えた。

そして矢尋もまた、理久の悔しげな視線を正面から受けて悲しい色の瞳を伏せる。

勘のいい智は三人の無言のコンタクトを目の当たりにして、なにもかも理解してしまう。

「なんだよそれ。理久は馬鹿だよ。そんな想いなんて叶いっこないのに」

苦々しく独白した智は、ゴム製ボートに乗りあげてきた毅士の濡れた胸にいきなり飛び込んだ。

「遅かったじゃないか！　僕は本当に心配したんだからな！」

智は一途《いちず》な想いを隠すことなく縋るように言い募るが、それには毅士も謝罪しかない。

「あぁ、そうだな。ごめん、俺が悪かったよ智」

「あんまり遅いから待ちきれなくて、ボートの上で昼寝してたんだからな。二時間も独りで待たせるなんてひどい！」

大型ボートで独り寝転がって昼寝をする智の姿を思い浮かべるととても不憫《ふびん》で、毅士は急激に後悔の念にさいなまれた。

「悪かった悪かった。本当にすまないと思ってる」

「もういいよ。それで……ヘブン島の内海は綺麗だった？」

「え？　あぁ、天国みたいに綺麗だったよ」

「へぇ。二時間もずっといられるぐらい楽しかったんだ？」

　彼の言葉に含まれる露骨な棘が痛くて、毅士は返事に苦慮する。

「言ってよ。楽しかったんでしょう？　でも三人でばっかりずるい！　僕だけ仲間外れにして！」

「智、本当にごめんって」

「許さない。でも……でも、もしも明日、ずっと僕と一緒にいてくれるなら……許す」

「……あぁ、うん。そうだな……」

　少し迷いがある態度から、彼が矢尋と理久を強く意識していることがうかがえるが、智は負けじと押す。

「だって、もう明後日《あさって》の朝にはこの島を発つんだから、明日くらいは一緒にいてよ」

「あぁそうだな、わかった。いいよ、明日は智とずっといる」

「本当に？　うわ。やった、嬉しい！　ありがと毅士」

　曇っていた表情は一変して晴天みたいな笑顔に変わる。

　こういうところが智の魅力だ。

「ねぇねぇ毅士。そういえばさ、来るときにつけていたタグホイヤーのダイバーズウォッチ、どうしたの？」

「え？　あ！」

あわてて眼前に手首をかざすと、そこには日焼けの跡が白くくっきり残っているだけ。

「え？　もしかして……毅士」

「まずいな。忘れてきたみたいだ」

「ヘブン島に？」

バンガローで矢尋を抱いたとき、綺麗な肌に傷をつけるのを気にして、腕から外して籐のロングベンチに置いたのを思い出す。

「まぁいいよ。あれは、たいして高価なものじゃないし」

「でも……今から取りに行けば？」

「いや。潮が満ちてきたからもう無理だろう。まぁ、気が向いたら明日にでも行くよ。それより智、明日はどこに連れていって欲しいのか考えておけよ」

「うん！　そうだね。嬉しいなぁ、また毅士を独り占めできるなんて！」

智の髪も身体もすっかり乾いてしまっていて、長い間独りにしたことを毅士は本当に悪いと思う。

それなのに、彼はまだ真っすぐに慕ってくれて……だから毅士は思った。

こんな身勝手な自分とまだ一緒にいたいと乞う智には、愛ではないけれど、穏やかに慕る感情が確かにあると。

夜になってキッチンで調理をしているとき、理久はたまたま智と二人になった。

そのとき、智が神妙に言葉を切り出す。

「あのさ。実は理久に……お願いがあるんだ」

「……え、お願い？」

「明日、僕と理久が本当の恋人じゃないってことを、矢尋さんに話して」

まさか智からそんなお願いを持ちかけられるとは予想していなかった。

もちろんそれが、理久が昼間に言っていたことへの答えだとわかる。

「……智、いいのか？」

「僕もね、話すことに決めたんだ……ちゃんと毅士に。だからさ、お願い。矢尋さんに…」

智の表情の中に、今まで見たことがないような清々とした覚悟を感じた。

「わかった。矢尋さんに、俺はちゃんと話をする。だから、智も頑張れよ」

「うん」

最終日前日の早朝、まだ陽も昇らないうちに、矢尋は別荘前にある駐車場を歩いていた。

あたりはまだ薄暗かったが、空を見あげると低い位置にある雲が朱色に染まり始めて綺麗だった。

格納庫の中からエンジンをかける音が聞こえ、ブルーのジャガーが走行してきて矢尋の前に停《と》まる。

「おはようございます。矢尋さん」

理久は運転席から降りてくると、礼儀正しい挨拶をくれた。

「おはよう理久。こんなに早く呼びだしてなにかあった？　今からどこかに行くのか？」

眉を下げて微笑むと、理久はなにかしら思うところがあるようで少し固い表情をしている。

「隣、乗ってもらえますか？」

「あぁ、うん……」

行き先は教えてもらえなかったが、スマートに助手席のドアを開けられて、矢尋は素直にシートに座ってベルトを締めた。

「今から少し、ドライブにつきあってもらいたいんです」

「あぁ、うん。もちろんいいけれど……なにかあるのか？」

それに答えは返らず、ジャガーは静かなエンジン音を残して走りだす。

さすがに最高級車だけあって、サスペンションが効いて乗り心地は最高だった。

車内では会話もほとんどないまま、車は海岸沿いの道路を疾走していく。

なんだか、今まで感じたことのない空気を矢尋は感じていた。

理由はわからないけれど、なにか理久から決意のような温度を感じ取って、乾いた唇を何度も舐める。

緊張すると、いつもこうなるからだ。

モーゼル湾の美しいヨットハーバーを過ぎると、やがてジャガーはヌメアのサントルヴィル市街に入っていく。

しばらくアンリラフルール通りを行くと、やがて二つの鐘塔のある白亜の教会が見えた。

初日に市街を観光したときも、シンボルのような高い鐘塔が街のどこからでも視界に入って、なんとなく気になっていた建物だ。

「ここはね、十九世紀末に建てられた、サン・ジョセフ大聖堂です」

教会の駐車場にジャガーを停めて運転席を降りた理久は、スマートに助手席側にまわってくると素早くドアを開けてくれる。

「どうぞ」

まるでエスコートする紳士のように上品に手を差しのべられ、矢尋は気恥ずかしさを覚えながらもその手を取って車から降りた。

一連の動きはとても優雅で、こういうことが自然にできる理久は、やはり育ちがいいのだと実感させられる。

「へぇ…なんか、厳かな雰囲気のある教会だな。そういえば先日、お昼頃に聞こえた鐘の音って、この塔の鐘だったのかな?」

矢尋は大聖堂の左右にそびえる鐘塔を見あげる。

「ええ。毎日、正午に鐘が鳴るんですよ。街のどこからでも澄んだ音色が聞こえます」

説明しながら、石だたみの階段をのぼり始める理久に続く。

「え？　こんな早くから聖堂の中に入れるのか？」

早朝ということもあり周囲に人影は皆無だが、教会の正面にある扉は開いていた。

「だって、ここは懺悔《ざんげ》する者をいつでも受け入れてくれる場所ですからね」

中に入ると外とは一転、空気の温度ががらりと変わる。

大聖堂の内部には、どこか神聖で厳かな雰囲気が漂っていた。

おそらくその理由は、高い壁一面に張り巡らされた色彩豊かなステンドグラスから注ぐ陽《ひ》射《ざ》しのせいだろうか。

扉から祭壇までの床には紅い絨毯が一直線に敷かれ、左右には長椅子が整然と並べられている。

祭壇のうしろには、慈悲深い微笑みをたたえるマリア像があった。

きっと休日には多くの人が集まって、ここで神父の説教に心を傾けるのだろう。

「矢尋さん、こっちです」

こんな朝早く教会を訪れた理由がまだわからないまま、矢尋は手を引かれて祭壇の前まで連れてこられる。

「矢尋さん。実は……今からここで、俺に懺悔をさせて欲しいんです」

「……懺悔？」

いったい彼は、なにを懺悔したいというのだろう。

なんだか急に緊張が高まって掌が汗ばみ、思わずシャツでぬぐった。

「なに……改まって。なんだか怖いな」

肩をすくめて笑って見せたが、理久の瞳はただただ真摯に矢尋だけを見つめている。

「俺は……ずっと、あなたに嘘をついていました」

嘘と聞いて、さらに知るのが怖くなった。

「俺と智のことです。実は俺たち……恋人ではありません。今まで嘘をついていて本当にすみませんでした」

意外な告白と謝罪に息を飲む。

「え？　それって、どういうこと？」

そういえば先日、コンドミニアムで理久からずっと一緒にいたいと告げられたとき、俺を信じて欲しいとも告げられた気がする。

あのとき、初めて理久と結ばれた直後の身体が気だるくて、必死に睡魔と戦っていたせいで忘れかけていたが、今はっきりと思い出した。

あれは、理久と智が本当は恋人じゃないってことだったのか。

「俺と智の本当の関係は大学時代からの友人で、同じ事務所のモデル仲間ってだけです。でも智はゲイで、学生の頃からずっと演出家の毅士さんのファンだったのは真実で……だから……頼まれたんです」

「………それって、なにを？」

「一緒に、二丁目にあるジャズバーに行って欲しいって」

では、最初の出会いから二人に騙《だま》されていたことになる。言葉もなかった。

「あの店はゲイの恋人同士しか入れない店で、毅士さんが毎週土曜日の九時あたりに矢尋さんと待ち合わせをしていたことを、智は調べていました」

俺たちの行動を見張られていたのなら、偶然を装って近づくのは容易かっただろう。

そしてあの店で知り合った理久と智のことを、自分たちが恋人同士だと勘違いしても仕方がない。

でも思い返してみると、理久からは一度も智が自分の恋人だと聞かされたことはなかった。

ようやく真実を知ったとき、矢尋は騙されていたことへの怒りと、そしてそれ以上の安堵を覚えてしまい、情けなくてため息をついた。

「すみませんでした。本当に、矢尋さん……」

「なら、理久は……理久は、さ……本当は、ストレートなのか？　ゲイじゃない？」

苦い表情で唇をきつく噛んで答えを待つ。怖いから。

「……はい。その通りです。俺は、ゲイじゃありません」

今の告白は、矢尋を絶望の深淵へと突き落とした。

「でも、聞いてください！　あなたに出会って俺は変わりました。俺は…性別っていう概念ではなく、あなたに惹かれた。だからっ」

矢尋はそれを遮る。

「なぁ！　ようするに理久はさ、友達の智に頼まれて、嘘の片棒を担がされただけなんだよな？」

「はい。確かに最初はそうでした。出会いのきっかけさえ作るのに協力すれば、智は人を誘うのが上手いし、あとのことは俺に関係ないって軽く考えてたんです。でも……」

理久は伏せていたまぶたをゆっくりあげて、矢尋を正面からとらえる。

彼の瞳は、懺悔しているというのに信じられないほど澄んで見えた。

そのとき、まるでなにかの魔法みたいに教会の中がキラキラと輝きだす。

「でも…なんだよ？」

なにごとかと驚いて天を仰いでわかった。

ちょうど今が日の出の時刻なのだろう。

ステンドグラスをすり抜けた陽光が、七色の光の筋となってあたりに降り注いでいる。

「俺は……矢尋さんに出会ってしまったんです。思えば最初から惹かれていました。あんなふうに本気でアドバイスしてくれた人は周囲にいなかったから。それに……矢尋さんが俺に……」

彼に誤った恋心を抱かせる要因となった出来事で思い当たるとしたら、これしかない。

「キス……したから？　俺が公園のベンチで、ふざけて理久にしたやつ」

「そうです。あれは不意打ちだったけれど、なにかを感じたんです。今まで感じたことのない衝撃みたいなもの」

「……なにそれ大げさだな」

「あれから毎日、矢尋さんのことばかり考えていました。だから流星群の鑑賞イベントで再会したときも、これが運命だって勝手に舞いあがってしまって……でも別れ際のあなたは冷たくて」

鑑賞イベントの帰りの駐車場で、自分がそっけなくした理由なんて一つしかない。

理久が、別れ際にあんな情熱的なキスを仕掛けてきたから。

恋人がいるのに、どうしようもなく理久に惹かれる自分を抑えられなくて怖くなった。

「しょうがないだろう？　だって俺には……」

「もちろんその理由もわかっています。誠実なあなたは、毅士さんを裏切れないと考えたからでしょう？」

そうだ…そのとおり。

互いに恋人がいるのだから深入りするわけにはいかないと、大人の対応をしたつもりだ。

でも本心は自分だって、もう一度理久に会いたかった。

あの夜の気持ちが彼と同じだったことは……情けないけれど、どうしようもなく嬉しい。

「矢尋さん。あなたに恋人がいるのは知っています。でも、どうしても俺は……」

「理久、それ以上は言っちゃだめだ」

咎める声は急いているが弱々しい。

なぜなら、それ以上聞いてしまったら、もう自分を抑えられなくなるとわかるから。

「いいえ、言わせてください。矢尋さん……俺は、俺は、あなたが好きです」

邪気のない純粋な想いは、あっという間に胸の奥まで届いて心の器を満たしていく。

歓喜に喉が詰まって息苦しさを覚えた矢尋は、喘ぐように大きく呼吸した。

自分も同じ気持ちだと、理久に惹かれているのだと伝えたい、でも……。

「でも、だって……そんなの、ルール違反だよな？　理久もわかってるんだろう？」

「知ってます。あなたが戸惑うのも当然だし、それを想定した上で告白しているんですよ。

だって俺はどうしても矢尋さんをあきらめたくない。でも困ったことに、あなたは自分の本心を偽ってでも、毅士さんを裏切れない人だってことも知っています」

「……だったら」

「それでも、どうしても好きなんです。何度もあきらめようと思ったけれど、できなかった！　あなたとコンドミニアムで過ごした三日間がどうしても忘れられないんです」

　そんなことは自分も同じだ。

「ヘブン島の内海に行ったとき、毅士さんに抱かれる矢尋さんを見て気が狂いそうになった。あなたの姿に興奮したけれど、その何倍も毅士さんに嫉妬した。ルール違反なんてわかってるけれど、あなたが好きなんだ。どうしようもない！　この気持ちはもう止められません」

　これまで矢尋が生きてきた中で、誰かにこれほど情熱的に真摯に求められたことがあっただろうか？

　揺るぎない瞳が眩しくてたまらないのは、朝陽の差すこの厳かな教会のせいだけではない。

「でも……そんなの、どうするんだよ！　俺に、毅士を裏切れって言うのか？」

　その覚悟をしろと、理久は今、そう伝えたいのだろうか。

「裏切る？　それは違います。ただ、正直になるだけのことです。ねぇ矢尋さん、あなたは本当に毅士さんを愛していますか？　もしそうなら、どうしてこんな馬鹿げたスワッピングを彼が持ちかけたときに断らなかったんです？」

「それは……」

「智みたいに、毅士さんにその才能ごと惚れてるって言うなら、無茶な部分も含めて愛せるでしょうね。でも、あなたは演出家の彼に興味がないと言っていたじゃないですか。それは、矢尋さんが本気で彼に恋していないからでしょう？」

「どうして？　どうしてそんな……意地悪なことを言うんだよ。なんで？」

なぜか涙が浮かんできて、声がうわずった。

「簡単ですよ。俺はなにがなんでも矢尋さんを欲しいんです。好きだから。俺は誰よりも、毅士さんよりずっと矢尋さんを理解しているし愛しているんです」

これまでずっと、あきらめていた。

自分は一生、誰かを本気で愛することはないと。

でもそれは勘違いで、自分はただ、そんな相手に巡り会えていなかったのだとしたら？

苦しげに潤んだ瞳をすがめて、矢尋は目の前のシャツの胸元を摑んだ。

「……そんなの、嘘だ。だって理久は、ゲイじゃないんだろう？　だから……」

「だからなんです？　ゲイじゃなければ、俺がすぐ心変わりをするとでも？」

「知らないんだ！　理久は知らないから、そんな楽天的なことが言える。俺は子供の頃からこうだったし、ストレートの人を好きになったこともある。何度かは上手くいってつきあえたとしても、彼らはすぐに女のところに戻っていくんだ」

「矢尋さん……」

辛い過去の告白は、理久にとってはあまりに衝撃的だった。

矢尋がこれまで自分の性癖のことでとても苦しんできたことを、改めて知る。

その心の傷が癒えていないから、恋に臆病になっているのだとわかった。

「ねぇ、聞いてください。以前あなたは俺に、しっかり前を向いて現実を受け入れて生きろってアドバイスしてくれたじゃないですか。なのに自分はいつもうしろ向きで、どこかであきらめている。恋愛にしたって深入りしないようにコントロールしているだけ。ようするにあなたは、自分が傷つくのが怖くて殻に閉じこもっているだけなんです」

理久はゆるやかに祭壇の前で優しく右手を差しだす。

まるで、婚姻を誓う新郎のように。

「俺は決して心変わりなんてしません。矢尋さんへの想いは本物だから。信じてください」

矢尋はそのとき、智が語っていた言葉を思いだした。

――理久はいつも誰に対しても深入りすることなく、本気でつきあったことがない。

それは、本人からも聞いた言葉だった。

そんな理久が今、こうして自分に誓いを立ててくれようとしている。

「だけど俺……」

「どうか、空想の中での『恋の終わり』に怯えて、俺を排除しないで。あなたが好きです。この気持ちは変わらない。俺を信じて……」

信じたい。彼を……でも、その前に。

濁りや偽りのない目で、自分の心理の奥底に問いただしてみなければ答えは出ないと矢尋は思う。

でも、結局はもっと単純で簡単なことなのかもしれない。

大事なことは、今の自分にとって一番欲しいものはなにかということ。

どれだけこの唇が嘘を重ねたとしても、自分の本心だけは偽れない。

だから……。

たとえ大切な誰かを傷つけても、その罪状を背負いながら前に進みたい。

謝っても許してもらえなくても、どうしても譲れない想いがここにある。

だから恐れずに、理久の想いを信じてみたい。信じてみよう。

なによりも大切だと思える彼のことを、手放したくないから。

「矢尋さん。どうか、どうか俺をあきらめないで。もっと頑なに欲しがってください。そして、どうか……この手を取って。俺と生涯を共に生きていくと、そう誓ってください」

いつかこの恋が終わることに怯えるよりも、今は彼を信じたい。

たとえ傷ついたとしても、理久を失うことなんてできなかった。

毅士……ごめん。

胸の中で万感の思いを込めて謝罪すると、矢尋は意を決したように凜と彼を見あげた。

「あのな、俺の方こそ……理久と一緒にいていいのか？　本当におまえは、俺でいい？」

「矢尋さんでなければいやです。あなただけが欲しい」

これほどまで望まれることに慣れなくて、壊れた涙腺が一気に涙の粒をあふれさせる。

「うん……うん。俺も、ほんとは理久がいい。ずっとずっと、理久と一緒にいたいよ」

差しだされたままの優しい掌を、矢尋はようやく握った。

それはしっとりとしていて、彼がとても緊張していたのだとわかる。

二人はまるで照れたように泣き笑いの表情を浮かべた。

「好きです。矢尋さん」

重ねた手を優しく引かれて、矢尋はそのまま逞しい懐に抱き締められた。

最上級の幸福に包まれて、二人はこの上ない喜びを噛み締める。

「俺も、俺も……理久が好き。大好き」

本心を告げながらも、だが二人は共に覚悟を決めていた。

この恋を受け入れることへの代償は、とても高いということ。

二人がこの恋を成就させるため、どうしても超えなければならない壁。

毅士を説得しなければならないということ。

それでも理久は抱擁する腕に力をこめた。

朝の陽光がステンドグラスを染めあげる教会は、まるで祝福するように虹色に輝いている。

彼らの瞳には、マリアの像が優しく微笑んだように見えた。

【7】

二人がジャガーで別荘に戻ってくる途中、晴れ渡っていた空に急に灰色の雲が広がり始めた。

南国の天気は変わりやすく、まもなくスコールが来るだろうと理久は言った。

二人がリビングルームの扉を開けると、重い気配をまとった毅士がソファーにかけて待っていた。

隣には、智が小さく恐縮して座っている。

「ただいま」

理久はそのただならぬ淀んだ空気に、毅士が智から真相を聞かされたことを悟った。

「座っていい？」

あまりに陰鬱《いんうつ》な様子に息が詰まりそうになるけれど、矢尋と理久は二人の向かいのソファーにかける。

「毅士、あの……」

なにから伝えればいいのか迷った末に話を切り出したが、毅士はそれを遮った。

「智から全部聞いた。理久も共犯なんだってな。おまえたち二人して、俺らを騙してたってわけだ」

棘のある非難に、たまらなくなった智が毅士の腕に取り縋った。

「ごめんなさい、ごめんなさい本当に！　でも僕は決して…」

「いいから智は黙っていろ」

毅士にしてみれば、もしも理久と智が恋人でないことを知っていたら、スワッピングを了承しなかっただろう。

智の嘘のせいで、矢尋と理久が想い合う仲になったとしたら、あまりに悲劇的だ。

そんな激昂を極めた毅士の視線は、真っすぐ理久に向けられている。

「毅士さん、俺からあなたに話があります。いいですか？」

おそらくもう毅士は気づいているはずだから、問いつめられる前に堂々と自ら明かすことを理久は選ぶ。

「聞くのを、断ってもいいのか？」

「毅士、頼むから……俺たちの話を聞いて欲しい」

理久を援護するその姿勢から、毅士は気づいてしまう。

すでに矢尋の心は自分から離れて、それが今、誰に向いているのかを。

「わかった。話せよ」

膝の上に置いた掌を強く握って、理久は揺るぎない想いを言葉にこめる。

「俺は、矢尋さんのことを好きなんです。だから…」

「だから？」

眼光は鋭いのに毅士の声には抑揚がなくて、それが逆に不気味に聞こえる。

「矢尋さんと……別れてください」

張りつめた空気は、その部屋にいる者すべての肌に痛いほどまといつく。

毅士の見つめる先が、ゆるりと矢尋に移った。

「……それは、矢尋の意志なのか？　おまえも、俺と……本気で別れたいのか？」

本人に念を押すなんてことは、おそらくプライドの高い毅士にとって相当不本意だったに違いない。

「ごめん。毅士……本当にごめん。俺……どうしても理久と一緒にいたい。好きなんだ」

最後の告白にかぶせるように毅士の怒声が飛んだ。

「だめだ！　絶対に許さない……許せない！　最初のルールはどうした？　相手に惚れることは禁止だと言ったはずだ。おまえ、忘れたのか！」

「ごめん。本当に俺が悪いとわかってる……でも、もうどうしようもないんだ」

二人で前に進むと決めた恋を、誰にも止めることなんてできない。

「最悪な結末だな。俺は……最初はただ、バーで知り合った可愛い智と遊びたかっただけだ。それがまさか……こんなことになるなんてな。結局、矢尋は俺を……捨てるんだな」

　このスワッピングバカンスを計画したのは毅士で、この旅行がなければ矢尋と理久の関係は進展していなかったかもしれない。

「毅士！　そんな、捨てるだなんて……違う」

　そのとき、開け放っていたデッキ側の掃き出し窓が、ガタンと大きな音を立てて揺れた。いつの間にか風が強くなっていたようで、カーテンが大きく翻っている。

　智は急いで立ちあがって大窓を閉めたが、大粒の雨が降り始めていた。

　この南国の島では、激しいスコールはいつも突然にやってくる。

　朝は見事な晴天だったのに今の空はすっかり灰色で、強風と雨が海を荒らしていた。

「違わないだろう？　どんなお綺麗な言葉を並べたって捨てるってことだ。俺が今、どんな気持ちかわかるか？　絶対に矢尋を手放したくないって思ってる。今までフラれた経験もあるけれど、こんなに苦しいのはおまえだけだよ矢尋。なぁ、これは浮気をした俺への罰なのか？」

「え？」

「今まで、俺は確かに誠実な男じゃなかった。しょっちゅう浮気もしていた……だから、怒っているのか？　もし理久を利用して俺の気を引きたいとか、当てつけでこんなことをしてるなら……」

「毅士、違う！　そんなんじゃないよ。ごめん……俺は理久を本当に好きなんだ」

矢尋は今、ひどく狼狽していた。

彼を裏切るようなことになって、いっそ毅士には激怒して口汚くののしって欲しい。

それなのに、こんなふうに傷ついた姿を見せられるなんて予想外で、罪悪感ばかりが胸に迫ってくる。

「なぁ矢尋。もう、俺たちはやり直せないって言うんだな？」

「ごめん。ごめん毅士……」

「わかったよ……わかった。なら、理久。俺の頼みごとを聞いてくれるか？」

毅士の視線の先が再び移って、理久は意を決したようにうなずく。

「それを聞いてくれたら、俺は二人の関係を許してやる。潔く矢尋と別れてやるよ」

毅士の瞳は今、静かな怒りに浸食されていた。

「わかりました……俺は、なにをすれば？」

長い足を組み替え、ソファーにどかっと背をもたせかけると、毅士の口から要求が伝えられる。

「実は昨日、ヘブン島の内海にあるバンガローに、ダイバーズウオッチを忘れてきたんだ。だから悪いけれど、今すぐ取ってきてくれないか？　そうすれば矢尋はおまえに譲ってやる」

毅士が言い終える前に、矢尋は立ちあがって大声をあげた。

「そんなの無茶だ！　外を見てみろよ。さっき降りだしたスコールで風があんなに強くなってる。きっと海も大荒れだよ。それに、そう……今の潮位はどうなっている？」

「潮位か？　あ～、そうだな。昨日、午後二時に干潮ってことは……今は満潮かな？」

無慈悲に告げる毅士の冷淡さに矢尋はぞっとするが、智も薄ら寒いものを覚えて加勢する。

「ダメだよ、危ないって！　だってあの洞窟を抜けるには二分は潜水しないといけないんでしょう？　この天候じゃ、きっと海の中も洞窟も暗いはずだし……こんなの自殺行為だよ」

矢尋だけでなく、智も毅士を説得しようと試みたが、彼は苦情は受けつけないと態度を変えなかった。

そして……。

「大丈夫ですよ矢尋さん、それから智もありがとう。でも心配しないで…俺は行きます。毅士さんの大事な人を俺が奪うってことは、きっとそれほどの重罪なんだ。だからこれは当然のことです」

男らしく腹を据えた理久はソファーから立ちあがると、シャツを脱ぎ捨てて念を押した。

「毅士さん。俺は必ずダイバーズウォッチを取って戻ってきますから、その時は約束を守ってください」

「あぁ。わかってる」

彼ら二人の間で話は安易に進んでいくが、矢尋は怖くて仕方がなかった。

「待って！　待てよ理久。それなら、ヘブン島の近くまで俺がボートを出すから！」

めずらしくおろおろする矢尋を、さらに毅士は追いつめる。

「ダメだ。手助けは許さない。それに、こんなに海が荒れていればボートの方が逆に危険だ」

「そのとおりですよ矢尋さん。俺ならいいんです。島までは百メートルほどの距離ですし、環礁まで行けば浅瀬もあるから大丈夫。俺は泳いでいきます」

理久がデッキに面した大窓を開けると、一気に強風が吹き込んできて髪が乱れた。

きっと想像している以上に海は荒れているに違いない。

デッキに出ると、理久は棚に置かれたゴーグルを摑んでビーチに下りていく。

「待って理久。待てって！　やっぱりこんなのダメだ。なぁ毅士、止めてくれよ！　危険すぎる」

だが毅士の視線はずっとテーブルの上に冷たく落ちたままで、微動だにしない。

すでに理久は波打ち際まで歩いていて、矢尋はデッキからビーチに駆け下りてあとを追った。

「待てよ理久！　本当に無茶だって。もういいから、やめよう！」

腕に取り縋って懇願するが、全身に叩きつける雨風と波の音でほとんど聞き取れない。

正気の沙汰ではない。正直、この荒海に出るなんてまるで自殺行為だ。

「矢尋さん、忘れたんですか？　俺、泳ぎは得意なんです。それに、あそこは何度も潜って通った洞窟だから、たとえ暗くて視界がなくても余裕ですよ」

足首あたりで打ち寄せた波が大きく跳ねるが、あまりに勢いがあって返す波に足をすくわれた。

「危ない」

理久に腕を取られて、ようやく体勢を立て直す。

予想以上の波の驚異を実感して、身震いした。

「信じられない。こんなに海が荒れてるんだぞ！　なにかあったらどうするんだよ。なぁ理久、考え直してくれ。俺ならいいから、俺のために理久が危険な目にあう必要なんてない」

理久の両腕を摑んだ矢尋は、なんとか思い留まらせようと耳元に頬を寄せて大声で説得を試みる。

「違いますよ……矢尋さんのためじゃない。俺が、俺がどうしてもあなたを欲しいんです。命を賭《か》けてもいいって思えるほどあなたが欲しい。毅士さんはきっと、今もあなたが好きなんですよ。そんな彼から矢尋さんを奪うんだから、簡単な条件では気がすまないでしょう。逆を考えればその気持ち、俺もよくわかるから」

腹をくくった彼の決意を覆すことはできなくて、矢尋はただ、理久の身体に両手をまわして体温を分けるようにしてきつく抱き締めた。

「だったら一つだけお願い。帰ってきて……俺にところに、絶対」

「約束しますから待っていてください。ねぇ矢尋さん………俺を…好きですか？」

「うん。理久が好きだよ。誰よりも好きだし大事。ずっと傍にいて欲しいのは理久だけだ」

精いっぱいの想いを伝えると、理久から優しい笑みを向けられて、ただ涙があふれた。

「その言葉が聞けて本当に嬉しい。じゃぁ、俺は行きます」

笑みを残して踵を返した理久は、荒波を真っ向からその身に受けながら海に入っていき、やがて泳ぎ始めた。

彼の長い手足が力強く波をストロークする。

それでも何度も三角に持ちあがった波が理久の頭から襲いかかった。

やがて彼の姿は泡立つ無数の波頭の狭間に消え、矢尋の視界にもとらえられなくなる。

「理久、理久……」

波打ち際に残された矢尋は、鉛色の雲に覆われた空を仰ぐ。

ニューカレドニアに来て知ったことだが、南国特有のスコールの威力はすさまじいが、短時間で過ぎていくのが特徴だ。

どれだけ激しく降っても、じきにやんで急に空が晴れることが常だった。

願わくば、一刻も早くスコールが過ぎ去って欲しい。

「神様。どうか……理久を守ってください」

ビーチに一人立ちつくした矢尋には、今はただ祈ることしかできなかった。

ふと肩を叩かれた気がして振り返ると、そこには泣き顔の智が立っていた。

「矢尋さん。ごめんなさい……ごめんなさい。僕、怖いんです。だってもし理久になにかあったら、こんな芝居を持ちかけた僕のせいだから。あぁ、どうしよう、どうしよう」

だが矢尋は、きっぱりとそれを否定した。

「違うよ智。実は俺と理久は、あのバーで知り合う前から別のところで出会っていたんだ。だから、俺たちが出会ったのは智のせいじゃない」

あんな機会がなくても、共通の趣味のある二人はきっとどこかで再会し、そして惹かれ合っていただろう。

そういう運命のもとに生まれてきたのだと、今なら確信できる。

「でも……でも……やっぱり僕のせいだ！　っ、ぅ…理久、理久……戻ってきてよぉ」

泣きじゃくる智の肩を、矢尋は励ますように強く抱いた。

再び視界を海に向けるが、どれだけ目をこらしても波間に人影は確認できないままで……。

「行ったんだな」

不意に声がして振り返ると、毅士がすぐうしろに立っていた。

泣いていた智が、反射的にその胸に取り縋る。

「ねぇ、もう充分でしょう？　理久はこんな荒れた海に出ていくくらい本気で矢尋さんのことが好きなんだよ。わかってるはずだよね！」

「そんなの知ってるさ！　それでも……簡単に矢尋を譲れない。俺にだって意地がある」

「意地ってなんだよ！　ねぇ、お願いだから理久を助けに行って！」

智は繰り返し説得したが、毅士の気持ちは動きそうもなくて……。

そのあと、可愛い印象しかなかった智が取った行動に、矢尋は目を見張った。

むかっ腹を立てた智は、細身からは想像もつかないほどの力で毅士の頬を張る。

「毅士の馬鹿！　今わかったよ。あなたって誰よりもガキだってこと！　毅士は本気で誰かを一途に愛したことがある？　矢尋さんのことだって、本心は理久に取られるのがいやなだけなんじゃないの？　本気で好きなら毅士は理久と同じことができる？　矢尋さんのために命を賭けられるの！」

かんしゃくを起こした子供のように、智は何度も何度も毅士の胸や肩を叩き続けて泣きわめいている。

あまりに幼い仕草だったが、ややあって、毅士は手を振りまわして暴れる智を押さえるように抱きすくめた。

「………わかった。もうわかったよ智。俺は、理久に負けた。完敗だって認める。それに、おまえにも、矢尋にも負けたよ」

「え？　毅士………？」

ようやく正面から智を見つめた毅士は、寂しそうに少しだけ笑った。

次いで、彼は二人をその場に残したまま、別荘のデッキに全力で駆け戻っていく。

「ちょ、毅士？　待って。なんで戻るんだよ！　毅士！　理久を助けてよぉ！」

呼び止める智の声は、雨風の轟音《ごうおん》にむなしく掻き消された。


両手両足を総動員して水を掻いても、理久の身体は否応なく流れに押し戻される。凪いでいれば五分もかからずヘブン島の環礁まで到達できるが、今の速度はその半分にも満たない。

高くうねる波を何度も頭からかぶるせいで、視界はほとんどないに等しいが、島の陰影をかすかにとらえながらそこを目指して泳いだ。

荒れ狂う波に余分な労力を使ったせいで、ようやく環礁あたりに泳ぎ着いたときには、すでに筋肉の疲労がかなり蓄積されていた。

環礁あたりまで来れば浅瀬になっていて足が届くはずだったが、どうやら満潮時の水位は予想以上に高かった。

だから理久は少しも泳ぐことをやめないまま、洞窟の潜水に挑まなければならない。

せめて少しでも身体を浮かせて休ませてからトライしたいが、ここでぐずぐずしているわけにはいかない。

じっとしているだけでも荒れた海は体力を奪うので、力が尽きる前に戻ってくるためには休んでいる暇などなかった。

理久は深く息を吸い込んで、一気に頭から潜水を始めた。

海中では潮の流れが速い上に、暗くて手探りで洞窟を探すしかない。

記憶をたどってようやく入り口を見つけると、急いで中に進入していく。

手に触れる手頃な岩を掴み、何度も引き寄せるようにして前進しながら、ようやく洞窟を抜けて島の内海に出た。

そこを泳ぎ切って浅瀬に出ると、身体の重みを支える両足が呆気なく崩れた。

這うように砂浜にあがると、理久はそのまま仰向けに寝転がった。

激しく息を吸って吐いてを繰り返し、なんとか呼吸を整える。

投げ出した手足は疲労困憊《こんぱい》していたが、理久はなんとか立ちあがってバンガローに向かった。

浅瀬を歩いて床にのぼるのも身体が重くて大変だったが、なんとか床の上にあがり、すぐにあたりを捜す。

別荘を出たときよりは視界がよくなっている気がして、あわてて天を仰ぎ見た。

今気づいたが、少し前まで厚かった灰色の雲が、少しだけ薄くなっている。

南国のスコールは気まぐれにやってきて、その後、一気に去っていくものだ。

「よかった……雨も少しはましになっているな。これならなんとか戻れそうだ」

気を取り直していると、明るくなったお陰でロングベンチの上に置かれたままになっているダイバーズウォッチを見つけることができた。

急いでポケットに入れたが、落としてしまうわけにはいかなくて腕につける。

「よし、早く戻ろう」

ようやく目的を果たした理久はすぐに崖の際まで戻ると、そこから一気に潜って洞窟の入り口を目指した。

来るときは真っ暗で視界はゼロに近かったが、今は洞窟の入り口が目視できる。

（これなら行ける！）

最短距離で入り口まで到達し、そのまま一気に洞窟内へ入っていく。

呼吸もまだ大丈夫だし、苦しくはない。

突出した岩を手で摑みながら、理久は冷静にテンポよく進んでいった。

あと少しだ。もう少しでここを抜けられる！

そう思ったときだった。

手で摑んだ岩の感触が、まるでなにか生き物に触れたようにやわらかかった。

（え？　なんだ……！）

違和感を覚えた直後、眼前に巨大なウツボが現れ、ゴーグルめがけて突っ込んできた。

「うわっ！」

声を出した瞬間、肺の中にためていた酸素を理久はうかつにも大量に吐いてしまった。

さらにゴーグルにひびが入ったことで、中に水が入ってきて視界がぼやけてしまう。

海の事故で一番怖いのはパニックになることだと、幼い頃から理久は父に教えられてきた。

普段は動じない性格でも、アクシデントが起こったときに人は命の危険にさらされる。

（落ち着け、落ち着け……大丈夫だ。あと少し。これならなんとか行ける）

冷静になろうと心の声で呪文のように唱えながら、それでもようやく洞窟を抜けることができた。

（よし、大丈夫だ）

だが、急いで浮上しようと崖の石壁を勢いよく蹴ったときだった。

必要以上に力が入っていたのか、岩のくぼみに足首が挟まってしまう。

焦りながらも、身体を曲げてなんとか足を摑んで引っぱるが、岩の裂け目に食い込んだ足はどうしても抜けなくて……。

（苦しい。もう……だめかもしれない）

あと、ほんの数メートル浮上すれば海面に出られるのに、理久はこれ以上呼吸が続かなくて限界を感じた。

（矢尋さん、約束を守れなくて……ごめんなさい）

肺に最後に残っていた酸素を吐ききったあと、鼻や口から一気に海水が流れ込んできて、理久の意識は薄れていく。

芯を失った身体は、ゆっくりと沈んでいった。


海岸からデッキに戻っていった毅士は、棚からゴーグルを持ってすぐに引き返してきた。

「毅士！」

シャツを脱ぎ捨て、きつめにゴーグルを装着する。

「毅士、助けに行ってくれるの？」

「あぁ、そうだ」

彼はそのまま荒れた海に駆け込んでいく。

先ほどより少しだけ明るくなった気がして空を見あげると、暗雲の帯が少しだけ薄くなっていた。

さらに、あれほど荒れ狂っていた波が先ほどよりは少し落ち着いてきたのもわかる。

空を見あげる毅士に続いて、矢尋も天を仰いでから提案した。

「なぁ毅士。スコールはもうすぐ終わりそうだから、これならゴムボートも出せるだろう？俺も行くよ」

「あぁ、矢尋はそうしてくれ。俺は一足先に理久を迎えに行ってくる。俺なら泳いだ方が早いからな」

「わかった」

矢尋と智は身を翻し、急いでデッキに置いてあるゴムボートを取りに向かった。

毅士は高波の中、ようやく環礁まで泳ぎ着いたが、そこにまだ理久の姿はなくて、いやな予感が胸をよぎる。

経過時間から計算すると、そろそろ戻ってきてもいい頃だ。

「まずいな。理久はどうした？　まさか、まだ洞窟内にいるのか？」

顔色を変えた毅士は深呼吸して一気に潜ると、そのまま洞窟の入り口を目指して泳いでいく。

壁にぽっかりと空いた黒々とした洞窟の口を見つけたとき、そこで動いている人影を見つけた。

（理久、か……？）

目をこらすと、彼は身体を曲げて自らの足を掴み、懸命になにかをしようとしている。

すぐに状況がわかった。

崖の裂け目に、足がつかえて動けなくなっているらしい。

（くそっ理久、今助けてやるからな）

だが懸命に水を掻き分ける毅士の目に、無数の気泡を吐いて沈んでいく理久の姿が見えた。

毅士は一気に潜っていくと、洞窟の裂け目に食い込んだ理久の足首を摑む。

渾身の力で引いても抜けなくて、腰に差してきたサバイバルナイフを抜いて、岩の裂け目に何度も打ち込んだ。

ようやく周囲の岩が崩れると、ついに足が抜けた。

(急がなければ、手遅れになる)

理久の腰に手をまわすと、毅士は一気に浮上していく。

満ち潮だから、水深は五メートルほどもあった。

(死ぬなよ、理久……!)

そう願いながら浮上していく毅士の双眸《そうぼう》に、ゴムボートの底が映った。

(矢尋だ。よかった!)

ついに陽射しが戻ってきて輝きを取り戻した海面に、毅士と理久の二人が顔を出す。

「毅士、早くこっち!」

差しのべられた矢尋の手に、重くなった理久の身体を委ねた。

理久は少し水を飲んでいたが、溺れる寸前に毅士によって救出されたため、大事にはいたらなかった。

それでも荒れた海を泳いだ疲労は相当なものだったようで、別荘に戻ってくるやいなや、倒れ込むように眠ってしまい……。

別荘の寝室で理久が目を覚ましたのは、もう夕刻になってからのことだった。

長い時間、眠っている彼の傍らにはずっと矢尋がつき添っていて、飽くことなくその顔を見つめていた。

ふと、まぶたがわずかに動いた直後、ふわりと開く。

腰掛けていた椅子を急いでベッドに引き寄せると、矢尋は理久をのぞき込んだ。

「あ！　……理久？　理久！　気がついたんだな？　あぁ、よかった……」

眠りからようやく覚めた彼は、まるでなにごともなかったように矢尋を見て、やわらかく微笑んだ。

「……矢尋さん。どうしたの？　そんな不安そうな顔をして。なにかあった？」

一歩間違えば命の危険さえあったのに、真っ先に矢尋の心配をしてくれるところは本当に彼らしい。

理久は手を伸ばし、そっと涙の伝う矢尋の頬に触れた。

「あぁそうか……ごめんね。俺が、あなたに心配をかけたんだね」

「ううん、違うよ。そんなことない」

いろいろ伝えたい言葉はあった矢尋だが、まずは理久の目が覚めたことを毅士と智に知らせようと立ちあがった。

「なぁ理久、先に二人に知らせてくるよ」

だが、伸びてきた手に腕を摑んで椅子に戻された。

「待って矢尋さん。俺、毅士さんに助けられたんですよね？　もうダメだって思ったとき、毅士さんの姿が見えました」

「うん、そうだよ。毅士もな、理久に無茶なことを言ったたって反省してる」

だが理久は首を振った。

「そんなことありません。悪いのは俺だ……だから、あとでちゃんと謝罪とお礼を伝えます。でも…あの。訊いていいでしょうか？」

理久が尋ねたいことなんて、簡単にわかった。

「うん。あのな……俺たちのことも、もう心配しなくていい。毅士は俺と理久のこと、ちゃんと恋人だって認めてくれるって」

その答えを聞いたとたん、綺麗な瞳が見開かれ、ゆるやかに水分が増していく。

「……本当、ですか？」

「うん。だからもう安心していいよ」

「だったら、今日から矢尋さんは、俺の……俺だけの…恋人、でいいってこと？」

矢尋はベッドに身をかがめ、返事の代わりに理久の唇に啄むキスを一つ送った。

「あ〜、そっか。そうなんだ。うわぁ…どうしよう……どうしよう」

理久は両手で顔を覆ったが、掌の下で明らかにニヤけているらしく、なんだか面白い。

「なに？　なんだよ理久？　なにが、どうしようなんだ？」

「だって、あまりに嬉しすぎて……もう俺、今すぐ死んでもいい」

安易にそう言った理久の肩を、矢尋はぺちっと叩いた。

「馬鹿！　それって、今のおまえが言ったら洒落になんないって」

それには同意した理久が、殺士たちに笑いながらもすみませんと素直に謝った。

「ほら、わかったなら、殺士たちに理久が目を覚ましたって伝えてくるから」

今度こそ立ちあがろうとした矢尋だったが。

「はい。でも、ちょっとだけ待って。その前に……矢尋さん、キス、しませんか？」

「なにそれ？　つい今だって、してやっただろう？」

照れると頬が染まって口調が強くなるのが矢尋の癖だ。

「違いますよ。恋人になって、初めてのちゃんとしたキスです」

「え？　そんなの……別に前と変わらないだろう！」

「ふふ、怒った顔の矢尋さんも、可愛い……」

「わかったよ。おまえがして欲しいなら、ほらっ」

恥ずかしさを少しの強気に紛れさせ、矢尋は可愛く唇をツンとさせる。

「あ～、でもほら俺、今はまだ力が入らなくて寝たきりだから、矢尋さんからしてくれないと」

「え？　あぁ、そっか、そうだよな。ごめん……」

素直な矢尋が愛しくてたまらない理久は、幸福を噛み締めるように目を閉じた。

やわらかい温度が互いの唇を包んで、二人は出会ってから最上級の幸福を感じていた。

この先、なにがあっても二人なら怖くないし、乗り越えられる気がする。

互いが一緒なら無敵だと、そんな根拠のない自信に背中を押されて、二人はもう一度唇を重ねた。

これから共に生きる未来が、ずっとずっと、永遠に二人に優しいように祈りながら。

恋人交換休暇番外編
ゴードン大佐（理久）とヘッジ伍長（矢尋）

「ごめん理久《りく》。次の日曜は、どうしても会えないんだ」

断腸の思いで大好きな理久の誘いを断ると、わざとらしいほど悲しげなため息が電話越しに届く。

「俺も昼間は予定があってダメなんですが、遅い時間ならどうですか？　少しだけでも会いたいんです。だって一週間も顔を見てないんですよ？　その前に会ったときは毅士《たけし》さんと智《さとし》も一緒のカラオケだったからデートって感じじゃなかったし。矢尋《やひろ》さんは寂しくないんですか！」

会いたい会いたい言われて、粘られるのはマジで嬉《うれ》しいけれど、理久になら今週末でなくてもいつでも会える。

「ほんとにごめん。ごめんな」

「……わかりました。じゃあ、来週の週末ってことで妥協します。でも、俺を断ってまで優先する用事ってなんですか？　誰かに会うんですか？　それくらい教えてください」

「いや、ホントに話すほどたいした用事じゃないんだって」

はぐらかすわけじゃないいんだけど……。

当然ながら、疑わしげな雰囲気が漂う。

「あ〜……まさかとは思いますけど矢尋さん。もしも浮気したら許しませんからね！」

「違うよ馬鹿！　なんでだよ！」

あらぬ疑いをかけられて声を荒らげると、そんなのわかってますと尖《とが》った返事が返る。

その声にはやっぱり元気がなくて、しょんぼり肩を落とす理久が見えるようだった。

なんとか説得して電話を切ったあと、俺はスマホを握りしめ、ごめんなと頭を下げる。

だって今週末の日曜は、どうしても譲れない予定があるんだよ。


十月二十日。

その日は、九十年代にアメリカでテレビ放映されて大ヒットしたSFドラマ「ミスター・スポッキー艦長」の、テレビ公開二十周年のリバイバル上映がある。

実は俺、施設にいた頃からこの作品の大大大ファンで、ローカル枠で放送されていたテレビシリーズはもちろん、映画も公開された十作品すべてを最低五回は観《み》ている。

一番人気はやはりスポッキー艦長だけど、個性的な登場人物が多いこの作品には、それぞれのキャラに多くの固定ファンがついている。

中でも、俺は艦長と常に相対する悪役キャラ、ゴードン大佐の大ファンだ。

そしてもう一人、大佐の部下であるヘッジ伍長《ごちょう》は頭は切れるが皮肉屋な性格が妙にハマって、俺の一番のお気に入りだったりする。

誰にも話したことはないけれど、実は大学時代、こっそりニューヨークで行われたファンイベントに参加するためだけに、バイト代をはたいて渡米したこともあった。

そのときはもちろん、ヘッジ伍長の衣装や小物を自らハンドメイドで完璧《かんぺき》に仕上げての参加だった。

当時はまだ日本人ファンは今ほど多くなかったが、俺は現地ではたくさんのアメリカ人ファンと写真を撮ったり語らったりと大いに楽しんだ。

そのときのアルバムは今も俺の宝物になっている。

本国での爆発的な大ヒットを経て映画も作られ、それらが日本をはじめ各国で公開されると、瞬く間にこのシリーズのファンは世界規模で増えていった。

米国での放送開始から今年でちょうど二十周年。

そんな記念すべき年の、米国でテレビシリーズが始まった十月二十日に、各国のファンが自国のイベント会場に集まり、初回放送を同時に観てそれを中継することになった。

もちろん、全員がキャラのコスプレでの参加という条件となっている。

日本では幕張《まくはり》のイベント会場での上映だが、今回はハガキでの応募によって選ばれた二千人のファンが参加できることになっている。

当然、俺はイベントの申し込みハガキを書きまくった。

最近はハガキなんて書く機会は皆無だったが、少なくとも手書きで熱い思いをつづったものを百枚は投函した。

その甲斐《かい》あって、なんとか一枚の参加チケットを手に入れたというわけだ。

だから、ごめんな理久。そんなわけで、今週末はどうしても会えないんだ。

イベント当日、会場内はドラマのキャラにコスプレをした多くのファンで、大盛況となっている。

その日は特設の更衣室が地階に設けられていて、俺もヘッジ伍長の衣装を持ち込んで着替えもバッチリ、軽くメイクまでして上映ホールに乗り込んだ。

やがてテレビシリーズ初回放送が始まると、さすがにコアなファンが集まっているだけあって、大事な場面になるたびに歓声や拍手があがってホールが一つになった。

興奮と感動であっという間に時間が過ぎたが、その後は会場を大きなホールに移し、おのおのが交流したり、あちらこちらで撮影会が始まる。

いろんなキャラに扮《ふん》したファンたちと写真が撮りたくて、俺もにぎわう会場をブーッのかかとを打ち鳴らして歩いた。

今の俺のコスプレはいわゆる軍隊の伍長の服をモデルにした感じで、ドラマの衣装を小物まで精密に再現していてかなり気に入っている。

特に軍帽と銃のベルトホルダーは作るのに一ヶ月はかかった力作だ。

でもやっぱりホールでも一番多いのは主役、スポッキー艦長のコスプレイヤーで、敵対する悪役ゴードン大佐の部下であるヘッジ伍長に扮しているのは俺ぐらいだ。

実を言うと、本当はゴードン大佐のコスプレをしたかったが、あの役は長身でマッチョでなければハマらないから、あきらめている。

米国での放送当時、ゴードンに扮していた役者、エルトン・クロスは、世紀の美男子と謳《うた》われたほどのハンサムだった。

だから、できればこの会場の中で一番ハマっているゴードン大佐を見つけ、ツーショットを撮らせて欲しい。

俺は会場の隅から隅までを探して歩きながら、時々声をかけられたらマニアックな話をして写真を撮ったりしていた。

本当に楽しい。最高に楽しい。

「あ！」

ふと俺は、大勢の女性ファンに囲まれているゴードン大佐のうしろ姿を発見した。

大佐の軍服は威厳があって凛々《りり》しくて、どこにいても目を引くが、撮影コーナーの裏手には長い列ができていて、写真を撮るための順番待ちをしているらしい。

「え？　どういうことだろう？」

絶対的な人気のスポッキー艦長ではなく、ゴードン大佐にあれほど大勢の人が集まるなんて不思議だ。

そう考えると……予想できる答えは一つ。

おそらく、ゴードン大佐に扮した彼が超絶イケメンで、役がバッチリ似合っているからに違いない！

こうなったら、俺も並んで絶対に写真を撮ってもらうんだ！

女子に紛れて延々三十分ほど並び、その途中で声をかけてきた何人かと写真も撮った。

あと十組ほどになったときだった。

ゴードン大佐が列の先頭の女の子になにか話したあと、いきなりその場をあとにした。

――え？　え！　え～！

嘘嘘嘘《うそうそうそ》！　こんなに並んだのになんで？　どういうことだ？

「あの～、みなさん。ちょっと聞いてください。実はゴードン大佐は用事があるそうで、撮影はここまでにしてくださいってことです」

彼から聞いたことを先頭に並んでいた女の子が伝えてくれて、みんなは口々に残念だと言いながらその場から散っていった。

いや待て！　そんなの、ありえないって！

さっき、並んでいる順番が近づくにつれ、大佐の衣装が本当に細かいところまでこだわって精巧に作られていることに気づいていた。

きっとさっきの人は相当なマニアに違いない。

でも悪いけれど、俺のヘッジ伍長も負けてないから、二人が並んだら絶対に最強だ。

しかも、遠い位置から見えた横顔は、サングラスをかけていてもかなりのイケメンだった。

これはもう、なにがなんでも写真を撮ってもらわなきゃ。

迷惑は承知の上で、俺は彼のあとを見失わないように必死で追いかけたが、いかんせん足が早い。

やがて追ってくる俺の気配を察したのか、彼は方向転換してホールから地下に続く階段を下りていく。

俺もそれに続いて駆けおりたが、やっぱり大佐の足は早くて地階で見失ってしまった。

そこには更衣室にされている部屋がいくつもあるが、この時間、地階に人影はない。

すっかり静まり返った今、彼がどの部屋に入ったのか完全にわからなくなった。

「困ったな……どうしよう」

焦った俺だったが、いいことを思いついた。

こうなったらファン心理につけ込んで、向こうから出てくるようおびき出す作戦に切り替える。

ちょっと恥ずかしいけれど、コアなファンなら食いついてこないはずがない。

俺は覚悟を決めると、息を吸って腹から声を出した。

「ゴードン大佐、あなたの意見はいつも非論理的です！」

このあとに続く、お決まりの大佐の台詞《せりふ》を言わなければ、絶対にコアなファンじゃない！

俺は大声で台詞を言いきったあと、息をこらして相手の出方を待っていた。

やがて、俺のおびき出し作戦が功を奏し、一つのドアからゴードン大佐が姿を現した。

こだわりのレイバンのサングラスを取った彼は、次の台詞をニヒルに返す。

「君はいつもそうだな、堅物のヘッジ伍長」

相手の顔を見た瞬間、俺は泡を食ったようにぽかんと口を開けた。

「さぁ、次の台詞は君だろう？　早く」

急《せ》かされた俺はすぐに一語一句完璧な台詞を返したあと、深くかぶっていた軍帽を取り去って相手に微笑《ほほえ》みかける。

まったく……まだ知らない彼との共通項が、いったいどれほどあるのだろうか。

「え？　え！　嘘っ、矢尋さん？」

出会ってから理久には何度となく意表を突かれることがあったけれど、こんな嬉しい偶然にますます胸が高鳴った。

俺はブーツのかかとをカツンと鳴らして直立すると、かっこよく敬礼する。

すぐにゴードン大佐も敬礼を返してくれた。

「すごく似合ってます矢尋さん。軍服もだけど、綺麗《きれい》な顔なのに意地悪そうな目つきとか」

「意地悪そうなはよけいだよ！　それより…なぁなぁ理久、おまえってさ、テレビシリーズは何話が好きなんだ？」

俺はゴードン大佐のもとに駆け寄ると、瞳《ひとみ》を輝かせて彼の両腕を摑《つか》んで揺さぶる。

「そうですね……意外と初回…かな？」

「うわ一緒！　なぁ、もっと話をしようよ。あとさ、ツーショット写真撮って！」


もう一度会場に戻った俺たちは、映画の舞台を再現しているブースの前で写真を撮った。

それこそ、何枚も何枚も。

しばらくすると、俺たち敵艦の悪役コンビのツーショットに、多くのファンが集まってきて撮影大会になった。

全キャラそろって名シーンを再現しながら、決めポーズで何枚も写真を撮る。

本当にほんっとうに、楽しかった。

やがてお開きも近くなったころ、俺と理久はなぜか、このイベントを最も盛り上げた最高のコスプレイヤーとしてＭＶＰに選ばれるというオチまでついた。

今日は本当に最高の一日だったけれど、その分どっと疲れている。

だってイベント終了後、俺と理久は主催者たちに呼ばれて遅くまで打ち上げに参加させられたからだ。

そのせいでようやく地階の更衣室に下りてきた頃には、もう俺たち以外は誰も残っていなかった。

「なぁ、マジで今日はいい一日だっよたなぁ。主催者までコスプレしていて、なんか徹底していて面白かったよ」

俺はヘッジ伍長の小物を丁寧に取り去っては専用の箱に収めていく。

節電なのか、更衣室はすでに薄暗くて、箱に書いた文字が読みにくかった。

「なぁ理久、おまえって、スポッキー艦長の衣装は持ってるのか？　あるなら今度、着てみて欲しいな。理久なら主役も絶対に似合うって」

興奮している俺に対し、なんだか理久はさっきから黙ったままほとんどしゃべっていない。しかも着替えもまだだ。

「あ、悪いけど理久、ちょっと襟元のホックが引っかかったみたいで、外すの手伝って」

俺が声をかけると、ようやく彼は返事もしないままゆらりと近づいてくる。

ところが彼は手伝うどころか、軍服姿の俺の正面から尻に腕をまわして引き寄せてきた。

「え？　なに？」

「ヘッジ伍長。おまえに裏切りの嫌疑がかかっている」

妙に台詞が芝居がかっているが、理久の目は面白そうに笑っている。

「は？　突然なに？　それ、何話のシーン？　俺、そんなシーン知らないぞ」

「今からこのゴードン大佐が、貴様の身体《からだ》を調べてやる」

ふぅん。そういうことか。なるほど。理久、そっちのスイッチ入っちゃったワケね。

「おまえさぁ、エロいこと考えてるだろ今」

ここは更衣室だから、もしかしたら誰かが入ってくるかもしれない。

「ふふ。だってなんか軍服の矢尋さん、ものすっごく美味《おい》しそう」

こらっ。どこ触ってる！　ケツを揉《も》むんじゃない！

「ねぇ矢尋さん、俺のこと、ゴードン大佐って呼んでください。ね…ヘッジ伍長」

「ほんっと、しょうがない奴だなぁ」

呆《あき》れた顔をしているけれど、俺もちょっとキた。

だってゴードン大佐の理久の目がマジやらしいんだもん。その気になっちゃうよ。

「ねぇ矢尋さん。今からコスプレでえっちしましょうか」

え〜、そんなんダメだろ？　だって絶対楽しいに決まってる。

俺は胸を高鳴らせながら、

「絶対にやだ」

って怒ってみせた。でもさすがに、こんなところでするのはマズいだろ？

「いや、急いでヤれば二回はできますって。ほら早く。下、脱いで」

「え？　はぁ？　それってマジなのか？　冗談じゃなくって？　わ、わ！　嘘っ」

させて？」

「だってもう、俺のムスコが痛いんです。抜かなきゃ絶対帰れませんって。お願い一回だけ
ムスコとか言うな。オヤジみたいだろ馬鹿。

「サクッとイきますから。いつもみたいに、意地悪く焦《じ》らしたりしませんし」

「いや、別に……」

俺、焦らされんのいやじゃないけどさ。むしろ好き。その方がクるもん。

でも結局は俺も興奮していて、仕方ないから理久に「待て」をさせて更衣室の鍵を締めに行った。

「いいか理久、静かにヤんないと、警備員とか来ちゃうからな。わかった？」

「え～？　それは俺の台詞ですよ。だって、きっとうるさくしちゃうのって、いつも矢尋さんじゃないですか？　あんま、アンアン言わないでくださいよ」

そりゃそうか、俺か。……って、こいつ！

思わず一人ノリツッコミやっちゃっただろ！

「まぁいいや。じゃあ、ちゃっちゃと終わらせるか？」

「アイアイサー」

すっかりヤる気になった理久は、穏やかな口調とは裏腹に強引に俺の軍服のズボンを引き下ろした。

さらに右足のブーツだけを抜かれ、片方だけ脱がされたズボンが膝《ひざ》あたりでグチャグチャになる。

「あ、待って理久。ヤるのはいいけど、このまま前からやって」

「前？　そのつもりでしたけど、どうしてです？」

理久は俺の上着の釦《ボタン》を外し、前をはだけにかかる。

「だって、せっかくゴードン大佐のコスプレしてるんだから、ゴードン大佐にヤられてるってシチュエーションを目でも楽しみたいからさ。って……ぁっ……ん。いきなり…かよ」

下に着ていた薄いシャツも開かれ、胸の上の尖りを見つけて摘《つま》まれた。

「確かにそうですよね。はい、じゃあ俺のこと、ゴードン大佐って呼んでくださいね、ヘッジ伍長」

あ～もう、めちゃくちゃ変態っぽいなぁ。でも嬉しいけどさ。

まぁ、こうなったら変態でもなんでもいいか。

だって、どっちにしたって俺らが幸せなのは変わらない。

「あ～、矢尋さん。はだけた軍服って、なんかやらしいなぁ。乳首がいつもより美味しそうに見えてたまんないです」

「う……咬《か》んで。んんっ…そう、いいよ。あん！　っ……なぁ、理久」

「なんです矢尋さん？」

「ヘッジ伍長ってさ、っ、ぁ……絶対…ゴードン大佐のこと、っ……好き、だよな？」

ゴードン大佐の手袋をした手がヘッジ伍長の身体を触ってきて、もう視界で得られる刺激的な状況にドキドキが止まらない。

キスしたり夢中で触り合ったりしているうちに、気がついた。

あれ？　なんか気持ちいいと思ったら、俺のあそこ、理久の指でヌルヌルと広げられてる。

それにしてもローション、どうしたのかな？

理久、いつの間に俺のバッグから取ったんだろう。

まぁ気持ちいいから、そんなのどっちでもいいか。

「矢尋さん。挿《い》れますね」

「違うそれ。おまえはゴードン大佐だからもっと強気でなくちゃ。それに敬語は伍長の俺」

俺がちょっと拗《す》ねてみせると、すぐに理久はわかってくれた。

「ヘッジ伍長、挿れるぞ」

あぁ～、マジでたまんない響き。強気な言い方もいい！

片足を無理な体勢で掲げられ、カチカチのペニスが俺のあそこに当てられて期待が高まる。

「あ、あぁぁ……大佐のそれ、おっきいです」

ずくずくと肉を掻《か》き分けて挿《はい》ってくる。理久の熱くてデカいのが。

もう、すっごく気持ちいい。

「っ……ゴードン大佐…っ……好き、です」

あ、でもなんか片足だけ持ちあげられた無理な体勢のせいで理久のが中途半端にしか挿らないよぉ。

こんな状況、欲求不満になるってば。

「ヘッジ伍長、足をもう少し広げられるか？　奥まで挿れたい」

「でも、ブーツのかかとが高くて不安定だから無理……です」

「仕方ない。なら足をそろえたまま私が持ちあげよう。首に摑まって」

え？　そんなの、できんの？

「わ…ぁぁぁっ」

両足をすくいあげた理久に身体を持ちあげられると、ブーツについた飾りがカチャカチャ音を立てて妙にいやらしい。

すごい体勢のまま、今度は自分の太腿が胸につく形で二つ折りにされ、ずくって音がするほど奥まで刺し込まれた。

「あ――――っ……理久、理久。これ、すっごい深い。深くて、気持ちいい……ぁん」

しまった。あんまり気持ちよくて設定を忘れてた。

でも、もう別に理久でもゴードン大佐でもどっちでもいいか。

「俺もイイですよ…それに…なんか、あなたの軍服姿って妙にやらしくていいです」

「そう？　よかった。っ……ぁっ。あ！　理久の、いつもより…おっきい？」

「あなたが大きいのが好きだから、今日は特別大きくしてるんです。嬉しいでしょ？」

「うん、嬉しい。好きっ！　あのさっ……ぁ、っぁ。理久、聞いて。っ……映画のさ、二作目の……っ、脱出前の、ゴードン大佐のシーン、覚えてる？」

やらしいのも好きだけど、映画の話、もっとしたいなぁ理久と。

いろいろとやりたいことが多くて、待ちきれない。

「もちろん覚えてますよ。でも、矢尋さん。そろそろこっちに集中しましょうか」

「え？　ぁっ……！　ちょ、ぁぁん」

そうだよなぁ、とりあえず今はこっちが優先だよな。

「ほら。ここ好きでしょ？　もっとこすってあげるから映画の話はあと。ね、俺のこと、ちゃんとゴードン大佐って呼んでくれたら、もっといっぱい突いてあげます」

「ん、わかったわかった。なら、えっと。もっと強く突いてください、ゴードン大佐。俺の中を大佐の大きいのでいっぱいにして欲しいんです」

「わ～、もうマジでたまんない！　ヘッジ伍長、覚悟はいいか？」

こいつホント単純で馬鹿で可愛いなぁ。

「大佐、ゴードン大佐、もっとあなたを俺にください！」

「その望み、叶《かな》えてやろうヘッジ伍長」

た。

「ふふっ……あ、そこっ……イイ」

俺は荒々しくなっていく大佐の腰つきにうっとり身を委《ゆだ》ねながら、全力で口づけをねだっ

最高のコスプレえっちのあと、俺は気だるい身体で服を整えながら理久に訊《き》いた。

実はやってる最中も、ちょっと気になっていた。

「理久はさぁ、今回のチケットをゲットするために何枚のハガキを書いて送ったんだ？」

すると、あいつはけろっと言いやがった。

「あ～、それね。父がこのイベント会社の役員と知り合いで、その人に頼んでチケットを一枚もらってくれたんですよ」

あ～、これだから金持ちのボンボンはむかつく！

俺が理久の頭を一発はたいたのは言うまでもなくて……。

「今度は二枚な」

「もちろんですよ」

乱れた髪を撫《な》でながら笑う理久を見て、俺はやっぱり大好きだと思った。

あとがき

こんにちは。早乙女彩乃です。私自身では初めてのスワッピングモノでしたが楽しんでいただけましたか？　今までの作品でも三人を絡めることはありましたが、今回は四人でのセックスシーンや南国の海での３Ｐもあり、エロに関してもハードルは高かったのですが、興味深いオモチャも使えてとても満足しています（笑）。

この作品はエロももちろんですが、私が書きたかった一番のテーマは、恋人がいる主人公の矢尋が趣味嗜好の合う運命の相手、理久に巡り会い、罪だとわかっていても惹かれていくところです。当然、互いに切ない想いや罪悪感を抱えるわけですが、それを乗り越えて二人の恋を成就させたいとがんばりました。まぁ、相変わらず私がヘボなので、皆さんにちゃんとそれが伝わっていることを祈るばかりです。

さて、私はこの作品を書く前に、いろんな旅行サイトを見たり観光ガイドを読んだりしました。最初から南国の楽園というロケーションで小説を書くと決めていたのですが、場所を特定するのに迷いました。決め手は二人が星を好きなことから、ならば日本では見られない南十字星が見えるところがいいなと……。その結果、ニューカレドニアに決めましたが、調べれば調べるほど一生に一度は訪れたい南国の観光地だと思いました。

今回の作品、仕上がった原稿を読んでいて気づいたのですが、なんだかんだで毅士が一番かわいそうでしたよね。彼は彼なりに矢尋を愛していたのですが、毅士が非凡で博愛なあまり、なかなか凡人にはその本心が理解できなかったのでしょうね。帰国後、きっと智が毅士を励ましつつも押しまくってる姿が想像できますが、毅士がなびくかは智の努力次第かもですね。でも一番お似合いの二人だと思いますけれど。

今回もいろいろとご指導をいただいた編集部のSさま、Oさま、いつも本当にありがとうございます。そしてイラストを描いてくださった相葉先生、とても繊細で可愛い絵を描いていただき感謝しております。特に先生のエロシーンはドキドキして大好きです。

最後に少し宣伝を！　シャレードパール文庫として、電子書籍の新刊が配信になりました。タイトルは『極道は神子を喰らう』です。こちらは過去の雑誌掲載作品で、まだ文庫になったことはない作品ですので、ぜひ読んでみてくださいね。

それでは、次回作でお会いできることを祈っております。

早乙女彩乃

早乙女彩乃先生、相葉キョウコ先生へのお便り、
本作品に関するご意見、ご感想などは
〒101-8405
東京都千代田区三崎町2-18-11
二見書房　シャレード文庫
「恋人交換休暇～スワッピングバカンス～」係まで。

本作品は書き下ろしです

CHARADE BUNKO

恋《こい》人《びと》交《こう》換《かん》休《きゅう》暇《か》～スワッピングバカンス～

【著者】早乙女彩乃《さおとめあやの》

【発行所】株式会社二見書房
東京都千代田区三崎町2-18-11
電話　03(3515)2311［営業］
　　　03(3515)2314［編集］
振替　00170-4-2639
【印刷】株式会社堀内印刷所
【製本】ナショナル製本協同組合

落丁・乱丁本はお取り替えいたします。
定価は、カバーに表示してあります。

ISBN978-4-576-14081-0

http://charade.futami.co.jp/

CHARADE BUNKO

スタイリッシュ&スウィートな男たちの恋満載

早乙女彩乃の本

ラビはドMなんでしょう？　だから、うんといじめてあげる

お伽の国で狼を飼う兎

イラスト＝相葉キョウコ

動物だけが暮らすお伽の国。美人で気が強い兎のラビは、ある日、川で金色の毛並みの狼の子・ウルフを拾い、育てることに。成長するにつれ、ウルフはラビに一途な恋心を募らせるが……。ラビの発情の匂いに触発されたウルフに組み敷かれ、肉食獣の獰猛さで熱く熟れた秘所を思う様貪られてしまい――。